WENDER RANDOLFO

ECOAR DE UM PASSADO

WENDER RANDOLFO

ECOAR DE UM PASSADO

plus+ editora

DIREÇÃO EDITORIAL
Giovanna Vaccaro

PRODUÇÃO EDITORIAL
Jadna Alana

PREPARAÇÃO
Bianca Gulim
Jadna Alana
Renata Maggessi

REVISÃO
Bianca Gulim
Jadna Alana

CAPA e DIAGRAMAÇÃO
DG Design Editorial

ILUSTRAÇÕES
Alceu Candido
Bruno Henrique
Rodrigo de Souza

DADOS INTERNACIONAIS DE CATALOGAÇÃO NA PUBLICAÇÃO (CIP)

Randolfo, Wender
Ecoar de um Passado / Wender Randolfo. – 1ª edição – São Paulo: Coerência, 2020

ISBN: 978-65-87068-03-9

1 - Ficção brasileira. 2. Distopia 3. Suspense I. Título

CDD: 869.3

Grupo Editorial coerência
plus+ editora

São Paulo
Avenida Paulista, 326,
cj 84 - Bela Vista
São Paulo | SP – 01.310-902
www.editoracoerencia.com.br

Para Joziel,
o primeiro a ler esta história
e acreditar na minha escrita.

Para minha querida avó Vaneide,
minha amada mãe, Fernanda,
e minhas tias Suely e Tereza.

O tempo é um rio… e os livros são como barcos.

Muitos volumes começam a descer a correnteza
apenas para serem destruídos e perdidos.

Apenas uns poucos, muito poucos,
suportam as provações do tempo
e vivem para abençoar as próximas gerações.

DAN BROWN

CAPÍTULO UM
LONG DIRLEY

Garoava de forma constante naquela manhã de segunda-feira na cidade de Long Dirley, cujo inverno terminava com temperaturas inferiores a 25 °C negativos. As árvores, que antes eram repletas de folhagem e flores, davam espaço a galhos ramificados forrados por um manto branco de neve; um espetáculo de decoração natural que caía do céu.

Spencer Jones, uma fotógrafa renomada da consagrada empresa Delux Photograph, havia recebido a proposta de um importante e imperdível contrato de trabalho que vinha com a possibilidade da indicação ao Prêmio Pulitzer, uma chance de apresentar seu trabalho e sua empresa ao mundo.

Reconhecida por suas peculiares fotografias em ambientes hostis, fora ganhadora do Prêmio Mundial de Fotografia pela sua, até então, principal obra, realizada na despovoada cidade de Chernobyl, na Ucrânia, em meados de 2009.

Naquele alvorecer, os galhos lacrimejavam o gelo derretido que escoava, como uma gruta recheada de estalactites em uma caverna branca. Os raios solares do crepúsculo as ultrapassavam, enfatizando a nobreza visual que aquela imagem transmitia.

A família Jones estava de malas prontas para dar início à viagem. O ar gélido adentrava pelas vias respiratórias, sendo liberado pela boca e nariz – este já ruborizado –, para rapidamente se condensar, transformando-se em vapor. O frio persistia mesmo no fim da temporada de inverno.

Spencer acreditava que havia uma nova maneira de ganhar o próximo prêmio: ela precisava viajar para uma pequena cidade localizada em meio às montanhas do Sul, a alguns quilômetros depois da capital costeira de Marovince, na cidade de Monthyer. A indicação da cidade para a locação de sua arte fotográfica, que também serviria de destino da viagem de férias, veio de seu chefe, Joseph Willians, um homem poderoso. Dessa forma, ela estaria trabalhando e aproveitando o tempo ao lado de sua família. Como não poderia ser diferente, ficou radiante ao saber que levaria as pessoas que amava para sua viagem a negócios.

Spencer residia com seu marido, Mike, e um casal de filhos, Margô e Alex, em um bairro calmo de classe média alta no final da rua Canaries Central. As casas tinham um estilo europeu, o ambiente era calmo e as pessoas eram simpáticas e agradáveis; o casal sempre almejara viver em um lugar tranquilo, e esse sonho se realizara quando se mudaram para aquela casa.

Spencer geralmente usava o longo e sedoso cabelo preso em um rabo de cavalo, o que aumentava as pequenas ondulações. Com um movimento que a deixava bastante elegante, costumava colocar as mechas cor de ferrugem atrás das orelhas; os fios combinavam com o batom vermelho-cereja que pincelava os lábios carnudos e contrastava com os olhos verde-safira.

Naquele dia, ela usava uma jaqueta de couro vinho com fivelas laterais por cima de um cardigã salmão, que parecia aquecê-la, mas não o fazia.

– Acho que já está tudo pronto, querida. Será bom para nós e para as crianças sair daqui, pois precisamos nos divertir um pouco. E, para ser sincero, estou enjoado desse cheiro de madeira velha e de tomar sidra quente todos os dias – disse Mike, com um sorriso torto.

– Estou ansiosa, mas confiante também – Spencer alegou, olhando com atenção para o carro estacionado. – Espero que seja uma boa aposta e que eles gostem, pois essa sessão irá alavancar minha carreira, e isso é muito importante para mim – finalizou, sorrindo.

Mike olhou fixamente para a esposa; ele adorava a forma sutil e pura com que a voz dela desenhava as palavras quando se expressava. Ele tocou o queixo de Spencer e guiou seu rosto ao dele, chamando a sua atenção.

– Você será incrível, como sempre foi. No final, tudo sempre acaba bem – afirmou, tentando convencê-la. – Tudo acontece com um propósito.

– É verdade, você tem toda razão. Pensamentos negativos acabam atraindo coisas igualmente negativas.

O cabelo castanho de Mike estava penteado para trás de forma uniforme, e sobre a testa pendia uma pequena mecha lisa. Usava óculos de armação preta, realçando os olhos âmbar. As sobrancelhas grossas e marcantes combinavam com a barba desenhada meticulosamente. Ele usava uma camisa social azul-clara e, por cima, um suéter cinza que caía muito bem em seu corpo.

– Ao lado de vocês, qualquer coisa se torna perfeita – falou Spencer, olhando dentro dos olhos do homem à sua frente.

Ela sabia que podia confiar em seu marido, pois ele a fazia se sentir esperançosa e a apoiava em seu trabalho.

Próximo à casa, situava-se um carvalho antigo, com o tronco espesso e petrificado pelo gelo, que o cobria feito o véu brilhante de uma noiva. Em um dos galhos, havia um casal de pássaros, que chamavam a atenção por causa das asas pinceladas em tons azulados, realçados graças ao fundo branco. Eles cantarolavam, no início daquela manhã, uma ordem de notas tranquilas. Na mesma árvore, também congelados, havia dois balanços pendurados, confeccionados à mão para Margô e Alex brincarem.

— Pelo menos, com a árvore cheia de neve, não é preciso rastelar as folhas do outono — Mike disse com sarcasmo ao fitar o carvalho.

— Acho a neve pior. Apesar de linda e branca, acaba ocupando muito espaço — retrucou Spencer, fazendo Mike liberar uma bela gargalhada.

Mike acolheu a esposa em um abraço apertado e reconfortante por alguns segundos, depois tocou o rosto dela novamente com as mãos frias e a beijou afetuosamente na testa. Spencer sentiu o calor dos lábios de Mike sobre a pele branca e fria; o ar que saiu da boca de ambos se condensou e se cruzou. Spencer encarou a casa por um tempo, e uma brisa leve jogou algumas mechas sobre sua face, ocultando seus olhos por um breve segundo.

Próximo dali, estavam as crianças: Margô, de dez anos, e Alex, de seis. Eles brincavam e se divertiam desenhando no vidro embaçado do Honda HR-V vermelho; usavam toucas para conter o frio intenso e botas, que afundavam na imensa cobertura de neve sobre o chão. Podia-se ouvir o som das risadas por toda a rua; eles se divertiam enquanto aguardavam os pais para dar início à viagem. A garoa passou mansamente, e eles se prepararam para partir.

— Tudo pronto? Verifiquem se não esqueceram nada, mas acredito que temos tudo de que precisamos — afirmou Spencer.

O maleiro preto estava fechado em cima do veículo, e todos entraram no carro. No painel, havia uma boneca havaiana que mexia o quadril de um lado para outro conforme o automóvel se movia. Mike tinha o ritual de dar um pequeno peteleco na havaiana sempre que dava a partida no carro. Um aroma floral, cítrico e suave deixava o ambiente interno do veículo confortável e agradável.

— Senhores passageiros, papai Mike está no controle. Coloquem o cinto de segurança — disse, olhando para o banco de trás, em tom de brincadeira com os filhos.

Mike ligou o aparelho de som, olhou para a esposa sentada ao seu lado e iniciou a viagem ao som de "Sleep on the floor", de The Lumineers; uma canção *folk* para uma viagem longa e cheia de energia. Fã incondicional, Mike tinha toda a discografia da banda.

Alex jogava em seu tablet com fones de ouvido, enquanto Margô apreciava a paisagem pela janela, que havia sido desembaçada para uma maior visualização da vista. Ela levava consigo seu caderno de desenho, lápis e giz de cera colorido.

Após algumas horas de viagem, a vegetação e o tempo foram se alterando de forma gradativa. Deixaram para trás o branco, e o verde passou a tomar conta da paisagem, adequando-se ao estágio mais bonito da natureza, quando adentraram uma floresta de pinheiros verde-vivo e bordô-japonês.

Ela avistou o musgo das árvores: uma espécie de briófitas verdes, que dominavam como um tapete aveludado, cobrindo os troncos como se fossem uma obra de arte. Aflorava nela o desejo de pausar a viagem e iniciar a sessão de fotografia ali mesmo.

— Papai! — exclamou Margô.

— Sim, filha? — respondeu Mike, olhando para a menina pelo retrovisor, que observava a paisagem atentamente através do vidro respingado por gotículas de água e desenhava caminhos na janela.

— Estou com fome. Podemos parar para comer algo?

Spencer se atentou ao pedido da filha e retirou de sua bolsa um pacote de brownies, servindo as crianças.

— Brownies! — exclamou Alex.

— Comam isso e aguentem mais um pouco. Iremos parar no próximo posto — disse a mãe, sorrindo.

Olhando através da janela do carro, Spencer se lembrou da noite anterior, do cheiro e do calor da lareira. Enquanto estava entre os braços de Mike, aquecida por um edredom azul-escuro, tomando sidra quente de maçã, os filhos assistiam a um seriado animado e comiam pipoca amanteigada. As lembranças eram como as suas fotografias: algumas eternizadas, outras esquecidas pelo tempo.

A mulher piscou, abandonando o breve devaneio, quando ouviu o som do mastigar crocante dos brownies apetitosos que a mãe de Spencer havia preparado para os netos.

A viagem estava agradável; Spencer observava sua família e aproveitava cada segundo ao lado das pessoas mais significativas de sua existência. Queria que aquele momento fosse eterno.

CAPÍTULO DOIS
O PRIMEIRO SINAL

Após algumas horas na estrada, Mike avistou, à beira da rodovia, uma lanchonete. Aproveitou para fazer uma pausa, abastecer o veículo, comer alguma coisa e comprar alimento para o resto da viagem.

Ao entrarem no estabelecimento, o sino na entrada principal, que ficava acima da porta, tocou, alertando a chegada dos viajantes. A lanchonete contava com várias mesas espalhadas com assentos de couro vermelho em volta, que combinava perfeitamente com o piso em losangos pretos e brancos, como em um tabuleiro de xadrez. Eles se sentaram próximo de uma enorme janela de vidro contornada por uma tira neon vermelha, que iluminava o estabelecimento. Dali, a família conseguia ver o carro e o estacionamento. Spencer pediu um cappuccino quente enquanto todos comiam *clam chowder*.

— Nos conhecemos em um lugar parecido com este, lembra? — questionou Mike a Spencer.

— Sim, você pediu um café forte com creme chantilli — relembrou. — O pedido costumeiro de todas as manhãs.

— O meu preferido — retrucou Mike, encarando-a com os olhos cheios de mistério e malícia.

Spencer ficou levemente corada e, com um gesto singelo, colocou uma mecha do cabelo atrás da orelha.

— Do que estão falando? — Alex quis saber.

O garoto tinha o cabelo loiro e perfeitamente ondulado. Ele fitou os pais com curiosidade ao levar os dedos sujos à boca, deixando o jogo em seu tablet esperando por alguns segundos. Spencer e Mike soltaram risadas divertidas por causa do comentário do filho.

Não havia muitas pessoas ali, mas isso era esperado quando se tratava de um lugar em meio ao nada. Eles aguardavam o pedido de Spencer sentindo o cheiro de café quente, que se espalhava por todo o estabelecimento. Ao ouvir seu nome, Spencer se levantou e foi buscar seu pedido.

— Hum... O cheiro está perfeito! — exclamou, aproximando-se da bancada. — Muito obrigada.

Assim que se sentou novamente, sua família resolveu se retirar, pois já tinham acabado.

— Te esperamos no carro, mamãe — disse Alex.

— Vou abastecer o carro enquanto você termina, querida — Mike avisou, já longe.

Ela nada disse, apenas assentiu com a cabeça, indicando que eles poderiam ir. Spencer pagou pelo seu pedido e agradeceu à senhora de chapéu branco, no qual havia escrito "Burguer Soul" com um coelho azul desenhado. Virando-se para sair, esbarrou em um senhor; ele aparentava estar na faixa dos sessenta anos. Spencer prendeu a respiração quando notou que havia derramado capuccino quente na própria jaqueta.

— Me desculpe, por favor. Eu sinto muito — disse o senhor, assustado por ter sujado a roupa dela.

— Imagine. Está tudo bem, isso acontece — Spencer assegurou, tentando se limpar, mas sem efeito.

O senhor saiu correndo da lanchonete com uma expressão assustada. Spencer, que não entendia o motivo de tamanho espanto, observou-o se afastar. Ele usava um casaco de chuva amarelo e um boné desgastado. Assim que ele saiu, uma mulher loira puxou o filho à força e se retirou do estabelecimento igualmente espantada, com um telefone na orelha. O som de seu salto ecoou pelo salão.

Guiada pela curiosidade, Spencer seguiu até a mesa em que a loira estivera e observou o café ainda quente e aparentemente intocável. Naquele momento, algo a fez se arrepiar. Confusa, olhou na direção do balcão, pronta para questionar a atendente acerca do que estava acontecendo, mas, assim como os outros, ela havia sumido.

Spencer se assustou com o som da buzina: era Mike a chamando para seguirem viagem.

— Vamos, querida, antes que anoiteça! — exclamou, parando o carro no encostamento próximo à entrada.

Sem tirar os olhos do estabelecimento, Spencer saiu, embora algo dentro dela pedisse para que não o fizesse.

— Espere um pouco, querido, vou ao banheiro.

E, sem esperar resposta, correu. Ela abriu a porta do banheiro feminino e se debruçou na pia para esfregar a mancha de café em sua jaqueta. Minutos após se olhar no espelho e limpar o rosto, ouviu um choro vindo de uma das cabines, a única que estava fechada. Era um choro melancólico e cheio de lamúria. Com a respiração ofegante, Spencer se aproximou lentamente da cabine e encostou o ouvido na porta para escutar melhor, mas a pessoa do outro lado se aquietou.

— Está tudo bem? Precisa de ajuda?

O silêncio perdurou por alguns segundos até a pessoa responder:

— Vá embora!

Era uma mulher e estava com a voz chorosa. Ela bateu na porta com força para espantar Spencer, que ficou desconfortável diante da situação e não insistiu. Saiu do banheiro imaginando o que poderia ter acontecido com aquela mulher para motivar aquele comportamento.

Ao sair, sentiu-se mal, e o primeiro pensamento que veio à mente dela foi que poderia ter comido algo que não lhe fizera bem, mas prosseguiu até o carro, a fim de dar continuidade à viagem. Spencer sentiu o ar gélido se chocando com a pele e observou a névoa que plainava sobre aquela região.

— O que houve? — perguntou Mike, franzindo a testa.

Ela demorou para responder. Em vez disso, fitou o ambiente, encarou o estabelecimento vazio, sem nenhum funcionário, e ouviu o som dos pneus no asfalto quando o último carro saiu acelerando pela estrada.

— Um senhor esbarrou em mim e me deixou com cheiro de cappuccino. Fui ao banheiro para me limpar — explicou, passando a mão na jaqueta.

— Gostei da nova essência — respondeu Mike, cheirando o ar em tom brincalhão.

Ela deu um tapa de leve no ombro do marido. Mike se curvou, aproximando-se de seu rosto para beijá-la. Em seguida, ajeitou-se no banco, ligou o carro e recomeçou a viagem. Spencer estava distante, pensava sobre o que acabara de presenciar. Uma sensação estranha seguida por calafrios tomou conta dela. Cogitou várias hipóteses, mas tudo poderia ser apenas uma coincidência.

— Notou algo de errado com as pessoas daquele lugar? — indagou ao marido, com um olhar misterioso.

— Não, por quê?

Spencer desviou os olhos dele e encarou a estrada.

— Esqueça — murmurou. — Acho que estou precisando dormir um pouco.

— Descanse, querida, ainda tem muita estrada pela frente. Qualquer coisa eu te acordo.

A viagem continuou, e, depois de algumas horas, passaram por uma região montanhosa; uma curva sinuosa que permitiu que vissem os picos das montanhas mesmo a certa distância. Alguns deles ultrapassavam a névoa acima, e um lago contemplativo, na base das montanhas, dominava todo o horizonte. O asfalto estava molhado, repleto de folhas secas e iluminado pelo entardecer.

— Tinha algo naquela lanchonete, mas não consegui perceber — disse Spencer, rompendo o silêncio. — As pessoas saíram, desesperadas, sem se preocupar com o que ficava para trás.

— Deve ser alguma tempestade que está para chegar; nessas regiões montanhosas, isso é muito comum — respondeu Mike, com confiança, pois era formado em meteorologia e especializado na área.

Contudo, ele sabia que aquele não era o momento de pensar em trabalho. Estava de férias, e aquela era a ocasião ideal para estar ao lado de sua família e acompanhar a esposa na esperada viagem, que fora planejada havia muito tempo.

Margô, observando a conversa dos pais, verbalizou:

– Tenho medo de tempestades, pois não consigo dormir.

– Fique tranquila, filha, estamos quase chegando. Vai ficar tudo bem. Tem um hotel logo à frente; vamos dar uma olhada para pedir informações – disse Mike, tranquilizando-a.

– Margô é medrosa, Margô é medrosa! – repetiu Alex com um tom divertido.

– Fique quieto, fedelho – respondeu Margô, revirando os olhos e voltando a atenção à paisagem que contemplava através da janela.

– Não vi nenhum carro após a lanchonete. Esta deve ser uma região pouco habitada, mas, olhe que incrível, estamos chegamos no hotel.

Como dito, havia um hotel luxuoso em meio ao nada, feito de madeira e com janelas clássicas. Na faixada, via-se uma placa brilhante com os dizeres: “Hotel Hollins”. O LED vermelho iluminava a entrada principal.

CAPÍTULO TRÊS
UMA ESTRADA SILENCIOSA

Mike parou o carro e observou a entrada atentamente. Sem dúvidas, aquele lugar um dia fora uma antiga mansão, ele constatou por causa da arquitetura e por outra placa. Esta informava que, antes de se tornar um hotel, havia sido a antiga mansão de uma família milionária: os Hollins.

— Esperem aqui, vou buscar informações e tentar encontrar uma vaga. Talvez seja uma boa ideia ficar aqui esta noite.

Mike, assim que abriu a porta do carro, sentiu o frio da região. O ar abafado que saía de sua boca formava pequenas nuvens de vapor esbranquiçado. Ele olhou para cima e viu uma luz amarelada em algumas janelas. Seguiu a passos largos até a entrada do hotel, na qual havia um capacho de boas-vindas e vários vasos, que embelezavam as laterais do saguão. Mike empurrou a porta dupla de vidro e se deparou com um lugar rústico: o teto, as paredes e o chão eram feitos de madeira cedrinho marrom para isolar o frio e abafar o acústico dos andares superiores.

Na recepção, pendia um lustre imperial oval de pedras transparentes que combinava com o tapete vermelho que saía da escadaria rumo ao balcão. Havia um acesso, ao lado esquerdo, que ligava a uma área de espera, na qual havia revistas, uma lareira e bancos individuais de couro preto. No centro, alguns vasos de argila, sobre uma mesa de vidro, decoravam o lugar.

Mike foi recepcionado por uma bela música instrumental, que ele identificou imediatamente. Era o "Concerto para clarinete em A maior, K 622", de Mozart. À sua frente, a bancada da recepção estava vazia, mas as luzes internas estavam acesas, e não se ouvia nada além do som ambiente.

O homem, sem receio algum, acionou a sineta dourada que se encontrava sobre a bancada na tentativa de chamar a atenção do recepcionista. Ao levantar a mão, quase esbarrou no vaso de vidro com orquídeas amarelas artificiais, que davam cor ao ambiente monocromático. Sem resposta, mais uma vez acionou o sino, mas tudo que obteve foi o silêncio. Não havia ninguém ali além dele e Mozart, que continuava a melodiosa canção.

— Olá! Alguém pode me ajudar? — gritou, batendo palmas.

Perto dali, em cima do tapete vermelho, havia um telefone. Mike se aproximou e se abaixou para pegá-lo; tentou ligá-lo, mas estava descarregado. Olhando para os lados, a fim de encontrar o dono do aparelho, Mike não encontrou ninguém. Colocou-o sobre a bancada, caso alguém procurasse por ele.

Do lado direito da recepção, um corredor gigante se estendia e, assim como a entrada, também era feito de madeira, acompanhado de um tapete vermelho. As paredes eram cobertas por quadros e certificados com molduras douradas. Algumas portas estavam abertas, como se alguém tivesse saído e se esquecido de fechá-las. Mike se endireitou, arrumando a postura, pois estava debruçado sobre o balcão, tentando encontrar alguma coisa do outro lado que pudesse dar pistas sobre o paradeiro das pessoas. Cansado de esperar, decidiu continuar a viagem, pois sua família o aguardava dentro do carro.

— Tem algo de errado aqui — sussurrou, encarando o lugar por uma última vez sob os óculos embaçados. Ele desceu os degraus apressadamente e, aproximando-se do carro, percebeu os vidros molhados e sentiu receio de anunciar que teriam de continuar a viagem. Mesmo assim, entrou no carro, notando que todos esperavam por uma resposta. — Não havia ninguém — disse, olhando para a frente e segurando firme o volante.

— Como assim? — Spencer questionou.

— Não sei — assumiu, pensativo. — Devemos continuar... Vamos aproveitar as últimas horas de sol que nos restam — finalizou Mike, sem dar espaço para perguntas.

Ele deu a partida no carro, encarando por meio do retrovisor o hotel, que desaparecia aos poucos conforme se afastavam.

Dessa vez, Mike sentia a mesma sensação estranha que Spencer havia sentido mais cedo, mas tentou protegê-los e não os deixar ainda mais preocupados. Notava o espanto e desconforto no olhar de Spencer. Só queria chegar o mais rápido possível ao destino em segurança.

Spencer resolveu não acrescentar nada, pois não queria assustar as crianças, mas se sentia incomodada com aquele mistério incomum no ar. Mike, por sua vez, avançou por mais alguns minutos, até parar o carro em um acostamento. Ele abriu um mapa velho e começou a estudá-lo com a ajuda da esposa. As crianças, que pareciam contentes com o trajeto, abriram os vidros do carro para sentir o cheiro da floresta.

— Crianças, fechem o vidro. Pode ser perigoso — Spencer disse, e então olhou para os lados, vasculhando o local.

— Segundo o mapa do seu chefe, devemos pegar aquele atalho logo à frente — constatou, apontando. — Tudo indica que chegaremos mais rápido — disse Mike, cruzando a rodovia na direção de uma entrada que ficava ao lado direito da via interestadual, como indicava o mapa.

Spencer não gostou da ideia de seguir por uma rodovia pouco movimentada, mas acabou aceitando, afinal, além de todos estarem muito cansados, queria chegar o mais rápido possível, pois logo anoiteceria, e o vento dava indícios de uma possível tempestade, o que tornaria a viagem mais perigosa devido à pouca visibilidade e instabilidade da estrada que até o momento era desconhecida.

Margô estava tão encantada com a paisagem que via além das marcas dos dedos — tentara limpar o vidro mais cedo no intuito de melhorar a visão — que já não se concentrava no desenho que tentava fazer com giz de cera em um caderno horizontal sem pautas. Além da vegetação, via-se muitos cervos caminhando pela paisagem. E, mesmo com dificuldade, por causa do carro em movimento, ela continuou desenhando.

Seu cabelo castanho-escuro, que era um pouco ondulado e ia até o pescoço, estava quase todo encoberto por uma touca vermelha. A menina tinha olhos que, devido à heterocromia, eram de cores distintas; um âmbar e o outro azul-marinho. Spencer tinha a mania de olhar para eles e sempre dizer: "Meus olhinhos: âmbar, com a força de um leão, e azul, com o mistério de um lobo". A garotinha carregava consigo um sorriso fácil e inocente, transmitindo felicidade. Ao seu lado, Alex dormia agarrado ao tablet e aos fones no ouvido.

O tempo lá fora estava azulado, pronto para dar início ao poente; os raios solares alaranjados atravessavam as árvores com linhas afiladas, e, longe dali, viam-se corvos sobrevoando a região com seu crocitar. Tudo ao redor parecia avisar que algo ruim estava prestes a acontecer.

Spencer não havia dormido a viagem toda e pensou que seria bom descansar, pois algo dentro dela avisava que chegariam após o horário previsto. As pálpebras ficavam pesadas, e ela foi adormecendo ao som baixo do rádio, a voz de Mike cantarolando baixinho. Com os olhos fechados, Spencer ouviu a música "Familiar", de Agnes Obel, e o som do lápis de cera no papel.

CAPÍTULO QUATRO
O SUSTENTÁCULO

Spencer retirou o cinto de segurança para ficar mais confortável e acabou caindo no sono, durante o qual foi transportada para as ruas de Chernobyl, na Ucrânia. Estava em uma roda-gigante coberta de ferrugem, tirando as fotos, olhando a paisagem e procurando o ângulo perfeito para cada fotografia. Seu olho atrás da câmera conseguia compor as fotos com detalhes jamais vistos, causando um impacto intrínseco. Contudo, um estrondo ensurdecedor invadiu seu sonho, fazendo-a acordar imediatamente. Com o impacto, foi atirada para a frente, batendo a cabeça no vidro frontal.

O veículo girava enquanto a música continuava tocando – com pequenas falhas no sinal, no entanto. Como se fosse um filme, a cena acontecia em câmera lenta, e a trilha sonora antecipava o desastre. O tablet de Alex se chocou contra o rosto de Spencer, e os fones se entrelaçaram em meio a agitação. Mesmo confusa, Spencer viu as canetas coloridas de Margô passarem no seu campo de visão. Com o coração acelerado pela adrenalina, tentou jogar os braços para trás em um movimento maternal, na tentativa de proteger as crianças, mas era impossível manter o controle da situação. Tudo à sua volta girou continuadamente e, quando o vidro ao seu lado se estilhaçou, ela foi arremessada para fora, perdendo os sentidos quando a cabeça bateu no asfalto.

Por causa do cheiro forte de gasolina, Spencer foi, aos poucos, retomando a consciência. Um zumbido intenso a impedia de ouvir com clareza, seu corpo estava tomado por um cansaço desesperador e sentia seus ossos estralejarem. Tudo isso a fazia estremecer, sem forças. À medida que a audição voltava, ela ouviu o som de água corrente. Devido ao grande trauma, Spencer demorou para compreender o que estava acontecendo à sua volta.

O pandemônio ganhou maiores proporções quando nuvens escuras fecharam o céu e grossas gotas de chuva começaram a cair, resfriando o asfalto e aumentando o caos. Ainda atordoada, Spencer tentava descobrir de onde vinham os gritos ao fundo, que foram aumentando à medida que o tempo ia passando.

Ela estava suja de lama e sangue, com os cabelos agora livres do elástico molhados e grudados ao rosto. Ao olhar para frente, notou que o veículo tombara e que estava prestes a cair em um rio de águas violentas; focando em sua audição, percebeu a força assustadora da correnteza, que levava tudo embora.

As árvores estavam todas inclinadas para uma única direção, como se algo as tivesse tombado com um golpe. O carro estava suspenso apenas pelas muretas de proteção da rodovia, e, lá embaixo, o desfecho os esperava. Sua família estava em risco, e qualquer movimento em falso poderia desencadear uma tragédia.

Spencer gritou ao buscar forças para se levantar. Com as mãos trêmulas, conseguiu se apoiar, mas acabou caindo novamente por causa da perna lesionada. Sua família, porém, precisava dela, motivo pelo qual não se deixou abater. Juntando as forças que não sabia ter, tentou novamente e, apesar da dor estarrecedora, levantou-se. Na tentativa de ouvir alguma coisa, caminhou devagar, até que ouviu as ferragens rangerem. Acompanhadas da música, dessa vez mais baixa do que antes, as crianças gritaram, assustadas.

Caminhando na direção do carro, Spencer avistou algo que caía do céu, aterrissando à sua frente. Ela deu um pulo para trás antes que o pássaro, que se debatia de um lado para o outro, a atingisse. No entanto, ele não era o único. Centenas de pássaros caíam do céu e, da mesma forma que o primeiro, batiam as asas e agonizavam até a morte. Spencer varreu o lugar com os olhos, vendo que o chão estava repleto deles. Ela seguiu com cuidado para não pisar nas aves, aproximando-se do veículo com as mãos na cabeça em movimento desesperado, e, sem saber o que fazer e com a pouca energia que lhe restara, gritou:

– Mamãe está aqui! Vou ajudar vocês!

– Mamãe, socorro! – gritaram as crianças, as vozes falhando.

Há quanto tempo estão aguentando?, pensou Spencer.

O carro começou a deslizar na lama. Foi então que o desespero lhe garantiu mais uma descarga de adrenalina, que percorreu seu corpo, dando-lhe a força necessária para persistir. Com cuidado para o carro não deslizar ribanceira abaixo, ela tentou quebrar o vidro; contudo, era muito espesso. Spencer pensou que poderia entrar pela janela através da qual fora arremessada, mas desistiu quando notou que ficava do lado do precipício.

Lembrou-se de ter lido em algum lugar sobre a capacidade de uma mãe, frente ao desespero, de conseguir levantar pesos absurdos, mas não conseguia realizar aquele ato e, por consequência, escorregou sobre a lama e caiu de cara no chão. Não conseguia pensar em nada, sentia-se sem ar e grogue, mas se manteve forte e se levantou.

— Vocês estão feridos? — questionou, desesperada.

Mesmo com o vidro embaçado, ela conseguiu vê-los negando com a cabeça. Alex tinha um pequeno corte na testa, mas não aparentava ser grave.

— Mamãe, estou com medo! — Margô gritou, chorando e colocando a mão sobre os ouvidos.

A menina fechou os olhos com força na tentativa de que seus pensamentos a tirassem daquela situação traumática.

— Prestem atenção! Vou precisar da ajuda de vocês — anunciou. — Alguém precisa ligar o carro.

— Não consigo! — Alex exclamou.

— Eu consigo — disse Margô.

Spencer acreditava que o peso da filha mais velha seria suficiente para fazer o veículo deslizar de uma vez por todas pela ribanceira; teria de ser o caçula.

— Cadê o pai de vocês? — Quis saber, vendo que Mike não estava dentro do carro.

Depois de algumas tentativas, Spencer entendeu que as crianças alegavam que o pai não estava com eles. Através do vidro embaçado, eles tentavam se comunicar, mas ficava cada vez mais difícil saber o que acontecia do outro lado.

— Filho, lembra que você sempre quis ser um super-herói? — Spencer gritou, e achou que viu a criança assentir. — Essa é a sua chance, sei que você consegue! Preciso que você puxe o freio de mão, esse cano preto entre os dois bancos da frente. — Alex sentia muito medo, mas acabou assentindo e fez da forma como a mãe explicara. – Agora, com cuidado, vá para o banco da frente e tente ligar o carro.

Um barulho estranho fez Spencer concluir que o carro se movera.

– Você viu os olhos dele? – gritou Margô.

– Olhos de quem? – questionou a mãe, olhando para os lados para tentar entender sobre o que a filha falava.

De repente, ouviu um som que se assemelhava a um uivo e sentiu algo se chocar contra seu corpo. Um cervo gigantesco produzia grunhidos desesperados; certamente, sentia muita dor. Spencer se recuperou do susto e se levantou, notando novos ferimentos em seu corpo.

O cervo tentou chifrá-la como pôde, agitado, mas escorregou na lama. O animal se levantou com muito esforço. Os olhos estavam dominados por um tom vermelho-vivo, e não havia íris, apenas a esclera escarlate. Mesmo agindo com agressividade, o cervo chorava, emitindo uma espécie de assovio, como um apito entupido por um líquido inconveniente. O grande animal se empenhava em chifrá-la, tentando se equilibrar no chão escorregadio; os dentes abocanhavam o ar. Nas vezes que não a atacava, arrastava os chifres no chão.

Uma das patas se chocou contra a lataria do veículo, fazendo-o bater contra uma árvore quebrada, ao lado da mureta de proteção, que já havia sido rompida. Por causa do impacto, Alex foi arremessado para frente, inclinando o veículo ainda mais para baixo e fazendo com que o rosto do menino ficasse comprimido contra o vidro trincado.

Mesmo com a presença do cervo enfurecido, Spencer só pensava em salvar as crianças, por isso buscava forças que não tinha e sentia a adrenalina controlar seu corpo ao ver Margô tentar alcançar o irmão.

Alex, que estava imóvel com a palma da mão apoiada no vidro, sentia uma forte dor nas costelas. Ele ouviu o som das rachaduras abaixo de si e, através do vidro, conseguiu ver a água lá embaixo, a poucos metros, destruindo tudo pela frente.

Margô, que antes gritava em desespero, agora quase rasgava as cordas vocais pedindo por ajuda. Fazia um som assustador e agonizante reverberar, e seu desespero só aumentou ao ver seu irmão mais novo engasgar com a lama que, de repente, começou a invadir o veículo.

Enquanto tentava manter o cervo afastado, Spencer dava um jeito de colocar pedaços de galhos quebrados embaixo das rodas para evitar que o carro voltasse a deslizar – apesar de fazer a lama invadir o carro de alguma maneira, o movimento proporcionado pelas patas agressivas do animal viera a calhar, pois o veículo parecia mais seguro na pista do que antes. O cabelo molhado grudava em seu rosto, dificultando a respiração e a visão, mas ela sabia que aquilo não poderia ser um empecilho.

– Mamãe, não nos deixe – gritou Margô, com o rosto encharcado de lágrimas.

Spencer também chorava desesperadamente.

– Não deixarei! Eu prometo!

Subitamente, a mulher pensou ter vislumbrado alguém do outro lado da pista, mas, quando voltou a olhar, não viu mais nada. O momento de distração fez com que o cervo se aproximasse, jogando-a no chão, longe do carro. Enquanto se debatia, algo chamou a atenção dela. Acompanhado de um estalar, o veículo desapareceu de sua visão e desceu rumo à turbulenta correnteza. Ainda ouvindo o grito dos filhos, Spencer foi surpreendida por uma cabeçada e, consequentemente, pela escuridão.

CAPÍTULO CINCO
ENTRE FRIAS MONTANHAS

Spencer se viu deitada sobre o asfalto gelado e cheio de destroços, mas não enxergava nada além. Com dificuldade, levantou-se, sentindo o braço direito doer devido à lesão que havia sofrido em seu confronto com o animal selvagem. Ao se lembrar dos últimos acontecimentos, olhou, assustada, para todos os lados, a fim de perceber qualquer coisa ao seu redor. Tentou apurar a audição, mas não havia nenhum ruído.

Ela se encolheu sobre o asfalto molhado em posição fetal e se entregou ao pranto ao se lembrar dos filhos. Spencer chorou baixinho por longos minutos, sentindo o frio intenso das montanhas assumir o aspecto de fervorosas agulhas a perfurar seu corpo. As roupas molhadas intensificavam ainda mais aquela sensação, o que contribuía para que Spencer não reunisse força suficiente para reagir.

O estalar de galhos, vindo de algum lugar próximo, fez com que o instinto de sobrevivência voltasse. Agora sentada, ela procurou a origem do som e, após alguns minutos vasculhando o breu, teve um vislumbre de consciência. Spencer colocou a mão no bolso da calça e encontrou o telefone com a tela quebrada, que serviria de lanterna.

Com dificuldade, levantou-se e deu alguns passos, sentindo os cacos de vidro sob a bota. Aos poucos, os sentidos se adaptaram e ficaram mais sensível. Com receio de encontrar novamente aquela criatura, chamou pelos filhos entre sussurros e gemidos chorosos. A mulher não tinha ideia de quanto tempo havia ficado desacordada, mas a esperança de encontrá-los tinha retornado, e ela não deixaria escapar de novo.

Sentindo o cheiro da floresta úmida, ergueu a lanterna do celular e foi até o precipício, porém não havia nada ali, apenas as marcas do deslizamento do carro e a proteção de metal contorcida. Spencer rasgou a blusa de algodão, e fez um torniquete para conter o fluxo de sangue, que já fazia o couro da jaqueta apresentar uma coloração rosada. Com a barriga à mostra, revelando a pele branca e pálida, passou a mão no abdômen descoberto e se sentiu aliviada por não identificar nenhum ferimento.

Spencer sabia que precisava buscar ajuda, porque, sozinha, não conseguiria ir muito longe. Na rodovia não passava nenhum veículo, e ela se questionava como isso era possível. Tentou ligar para a emergência com o que sobrara do celular, mas não havia sinal. *Preciso sair daqui. Tenho de buscar ajuda, e a cidade mais próxima deve estar a alguns quilômetros à frente. Não posso desistir*, pensou.

Olhando à sua volta, observou os corpos dos pássaros espalhados pelo chão como um tapete de penas e, entre eles, encontrou a mochila preta com parte de seus equipamentos profissionais e a documentação da família. Encontrou também uma lanterna, um giz de cera e o caderno que sua filha utilizara para desenhar. Ao olhar para o desenho molhado, seu coração se apertou com uma dor jamais sentida antes.

— Meus filhos, meus filhinhos... Alguém nos ajude. — Sua voz falhava à medida que tentava gritar. — Eu prometi a ela, eu prometi a ela — repetia sem descanso, colocando as mãos na cabeça e sentindo o ar acabar.

Recompondo-se, Spencer pegou tudo e colocou dentro da mochila, choramingando. Saiu em direção à cidade mais próxima. Sem motivo, ocorreu-lhe a possibilidade de assustar as pessoas com seu estado físico. Pôde se imaginar com as roupas rasgadas, o cabelo desgrenhado e a maquiagem borrada; para completar, sangue espalhado pelo corpo.

Com os dentes rangendo e a boca roxa, a fotógrafa sentia arrepios só de imaginar o que aguardava por ela atrás dos troncos das árvores; não havia lugar onde se esconder e não era certo parar; seus filhos dependiam dela.

— Meus filhos, meus filhinhos. Deus, me ajude.

Depois de muito tempo vagando, ela olhou para a correnteza e pensou em desistir de tudo, pois não aguentava mais a dor que a assolava física e emocionalmente. Sem ânimo, deitou-se à beira do rio na tentativa de descansar, encontrando racionalidade para refletir sobre o caminho percorrido: ela descera até alcançar o rio que vira da estrada, ou fora parar em outro rio? Estar morta era tudo que Spencer queria, pois a ideia de ter perdido seus filhos era insuportável. Era como estar sem oxigênio em uma câmera de vácuo.

Entre curtos períodos de inconsciência, Spencer tentava abrir olhos na falha esperança de se livrar daquilo que parecia um pesadelo terrível.

A lua apareceu entre as nuvens e clareou todo seu campo de visão, revelando sua imagem refletida nas águas. Com muito esforço, conseguiu avistar algo vermelho entre as pedras. Era a touca de Margô. Brevemente motivada, Spencer alcançou a touca e a apertou sobre o peito; caiu em prantos novamente. Lembrou-se do dia em que sua mãe presenteara a neta em seu aniversário com a vestimenta feita por suas próprias mãos. Aquela touca ainda era o seu acessório preferido, por mais que estivesse velha e desgastada.

Pensou mais uma vez em se aconchegar por ali e sucumbir ao cansaço, mas sabia que não poderia fazer aquilo – não só por seus filhos, mas porque não parecia seguro. Lembrou-se das pessoas desesperadas na lanchonete e do cervo que a havia atacado; embora tenha demorado para aceitar, concluiu que havia algo em comum no comportamento daquelas pessoas e do animal. Ela tinha lido algo sobre aquilo em algum lugar. O nome da doença surgiu como se ela estivesse lendo o artigo naquele momento: CWD, a doença debilitante crônica pode ser transmitida de animais para humanos. Então, sacudiu a cabeça, tentando afastar os pensamentos que, aparentemente, em nada lhe ajudariam naquele momento.

Spencer encarou o celular com a tela quebrada e viu que eram quatro horas da manhã. Ela havia passado a noite no escuro e em perigo. Obrigou-se a se levantar, percebendo que o aparelho estava prestes a ficar sem bateria. Sentia a dor invadir cada centímetro do seu corpo, dessa vez mais intensamente que a anterior, e, ainda com lágrimas nos olhos, tentou ligar a lanterna, mas só ouviu um estalo.

Após poucos passos, avistou algo se movendo em sua direção, vinha do outro lado do rio. Semicerrou os olhos, inclinando-se para ver melhor, mas recuou ao perceber que era a silhueta de alguém saindo de trás dos pinheiros. A mulher sentiu a frequência cardíaca aumentar quando ouviu alguém chorando, o som ficando cada vez mais alto. Cogitou a possibilidade de estar ouvindo coisas, talvez devido a um trauma na cabeça, mas, mesmo desesperada, reconheceu aquele choro. Aquele era o mesmo som que ouvira dois anos antes, quando a mãe de seu marido morrera vítima de falência renal. Spencer voltou a se aproximar da beira do rio esperando ansiosamente pelo marido, mas temeu quando sua visão apurada notou os olhos vermelhos dele.

– Mike, você está bem? O que aconteceu com você? – gritou. Sem responder, Mike continuou a chorar e a gritar, mas apressou o passo. – Por favor, tome cuidado! Você pode se afogar! Graças a Deus você está bem, precisamos sair daqui o mais rápido possível!

Com parte do corpo ainda submerso, ele seguiu na direção dela. Quanto mais se aproximava, mais detalhes Spencer conseguia observar. Foi então que, de repente, a voz de sua filha invadiu sua mente: "Você viu os olhos dele?". Em um movimento instintivo, ela caminhou lentamente para trás. Se ela parasse para refletir, provavelmente não sentiria medo do marido, apesar de suas feições estarem irreconhecíveis, no entanto, quando ele percebeu o movimento dela e correu para alcançá-la, Spencer soube que corria perigo. Estava prestes a iniciar uma corrida, mas tropeçou e só não foi ao chão porque mãos conhecidas a seguraram pelo pescoço.

Ela tentou gritar, mas a voz não saiu. Dedos fortes pressionaram ainda mais, fazendo com que ficasse sem ar. Após desistir de pedir misericórdia, passou a se debater, dominada pelo desespero.

Lágrimas banharam seu rosto ao perceber que não tinha chances com o marido. Ao desistir, cenas de sua vida passaram diante de seus olhos como um filme em câmera lenta, e foi a imagem de seus filhos, os quais ainda poderiam estar vivos – tinham de estar! – que enviou a Spencer a energia necessária. Com uma sucessão de movimentos rápidos, encontrou brecha no aperto em seu pescoço para se impulsionar para trás, levando ambos ao chão. Mike não se deixou abater com a troca de posição, mantendo a garganta da esposa entre os dedos. A água de seu corpo caía em gotas geladas sobre ela, mas nada a impediu de procurar algo que pudesse servir de arma. Apalpando o chão descontroladamente, encontrou uma pedra e, com um movimento rápido e um golpe certeiro, atingiu a cabeça dele, fazendo-o cair para o lado.

Sabendo que não tinha muito tempo, recuperou o fôlego e se levantou para sair daquele lugar assombroso. Spencer fechou os olhos na esperança de estar delirando, pois, quem sabe, tudo aquilo poderia ser apenas um sonho. Quando os abriu, porém, não estava tranquilamente sentada no banco de carona de um carro.

CAPÍTULO SEIS
O SOM DA MORTE

Sem perder o ritmo, Spencer correu daquele lugar sem olhar para trás; deixou as margens do rio e, sem conter o choro, continuou correndo. Com um giro, a criatura, que um dia fora seu marido, contorceu-se e se virou como se fosse um amontoado de carne morta em forma de marionete. Spencer ouviu o som dos ossos se retorcendo. Cogitou a possibilidade, mas concluiu que, definitivamente, não estava apenas tendo um pesadelo.

Mike a seguia de perto, gritando e babando. Ele não sabia o porquê, muito menos ela, mas algo o impulsionava a persegui-la — havia se esquecido de tudo que viveram juntos? Ainda em um ritmo acelerado e mantendo distância dele, ela de repente se deparou com a entrada para um túnel que atravessava a montanha. Olhando ao redor, tentou entender se havia voltado para a pista, mas, guiada puramente pela adrenalina, seria impossível entender o caminho percorrido até ali. Sem saber o que fazer, ela olhou para trás e percebeu que ele parecia estar cada vez mais perto. Spencer mirou na placa verde na qual havia o letreiro em branco: "Túnel Portscare".

Para sua surpresa, o túnel abrigava muitos carros vazios e enfileirados, fazendo-a pensar que alguns foram abandonados de forma emergencial. Se aquilo fosse verdade, muitas daquelas pessoas não receberam o sinal ou algo as impedira de continuar. Havia portas abertas, corpos, motos, bolsas... tudo sobre a superfície repleta de água parada. Spencer, contudo, não tinha tempo para tentar descobrir o que havia acontecido; precisava sair dali antes que Mike a alcançasse.

A fotógrafa tinha esperança de que alguém aparecesse para ajudá-la, mas não havia ninguém vivo ali. Ela mantinha o ritmo, mesmo sentindo a respiração falhando e o peito doendo devido ao cansaço. Foi então que gritos ecoaram com intensidade dentro daquele lugar. O som da bota contra o chão molhado, assim como a respiração ofegante, foi encoberto pela ópera de desespero que dominava todo o túnel.

Spencer percebeu que, de alguma forma, aquelas pessoas ainda tinham vida. O fôlego dela já estava no limite, diferente das criaturas que a cercavam, pois não demonstravam fadiga nenhuma. O corpo de Spencer estremeceu e, mais de uma vez, caiu e se levantou, trôpega, tentando voltar, o mais rápido possível, à velocidade anterior.

À sua frente, uma mulher saiu de um dos carros segurando um bebê; ela começou a bater a cabeça no veículo, no qual deixava marcas do sangue que escorria pela testa. Spencer chegou a cogitar a possibilidade de estar morta, vagando pelo purgatório. Ou, quem sabe, estivesse mesmo dentro de um pesadelo, mas totalmente realista e lúcido.

Discreto devido ao desespero, um pensamento lhe ocorreu: fosse o que fosse que havia acontecido com aquelas pessoas, por que não acontecera com ela? Ela se desequilibrou ao tropeçar em um corpo, mas conseguiu se manter firme e, ainda cambaleante, voltou a correr pelo túnel, sem olhar para trás.

Quando achou ter ouvindo um assovio, temeu que aquilo pudesse indicar que estava perdendo a consciência mais uma vez. Spencer sabia que não sobreviveria se apagasse dentro do túnel. O assovio persistia cada vez mais alto à medida que corria sofregamente entre os carros. Pouco mais à frente, perto de um ônibus escolar amarelo, um homem chamou a atenção dela.

— Ei, você! Entre aqui. Vou despistar eles — gritou com a voz grave, abafada pela mão na frente da boca.

O estranho correu até um carro próximo e aumentou o volume do rádio; a música "Sail", da banda Awolnation, preencheu tudo ao redor. Algumas pessoas voltaram para seus lugares, enquanto outras ficaram desorientadas.

Spencer se sentia insegura, pois não sabia em quem confiar. Ela encarou o homem à sua frente e hesitou, mas ele era a única opção dela, era a primeira voz que escutava desde o acidente, era a única pessoa que, além dela, parecia estar em sã consciência. Assim que entrou no ônibus, assustou-se com uma mulher caída no chão e estacou. O homem a ultrapassou para entrar e fechar a porta.

— Está tudo bem! Venha! — gritou, saltando sobre a mulher caída, avançando pelo ônibus.

Spencer fez o mesmo e, em silêncio, escondeu-se entre os últimos bancos do veículo. Sentia que seu coração sairia pela boca; não se lembrava de ter sentido tanto medo antes. Com o corpo ainda tremendo, passou a chorar baixinho; as têmporas latejavam e o sangue ainda escorria por seu braço.

— Silêncio. Eles estão chegando — sussurrou o homem.

A choradeira se aproximou em coro, e o lamento invadiu a cabeça de Spencer de forma torturante. A música de fundo deixava o ambiente mais assombroso, como uma trilha sonora de horror. O mundo estava em luto.

Spencer tentou pressionar os ouvidos com as mãos para amenizar a barulheira, mas aquilo não era suficiente para abafar o ruído.

— Fique calma. Você está quase segura agora.

— Se quer me deixar confortável, não está dando certo — retrucou, com sarcasmo.

As pessoas, impulsionadas pela raiva, chocavam-se contra a lataria do ônibus, e o impacto produzia um barulho assustador dentro do veículo. Ao que tudo indicava, Spencer estava segura, mas ainda sentia muito medo. Não entendia o que atraía aquelas coisas, muito menos o que estava acontecendo com o mundo.

Irritadas pelo barulho, as pessoas quebraram o rádio que o produzia, e o silêncio se restabeleceu. O medo de Spencer não a permitia observar mais nada, até mesmo o homem ao seu lado. A balbúrdia se afastou conforme o tempo passou e, aos poucos, os batimentos de Spencer voltaram ao normal.

— Eles se foram... — ela falou, olhando pela janela. — O que está acontecendo? O que aconteceu com todo mundo?

O silêncio era tanto que ela podia ouvir o som do próprio coração. Spencer continuou mirando o túnel além das janelas enquanto o vidro ficava embaçado por sua respiração. Em um momento de completo relaxamento, ela se sobressaltou. Uma música começou a tocar, nota após nota, quebrando o silêncio. Demorou para entender que o som vinha do seu próprio celular. Desesperada, tentou pegar o telefone para silenciá-lo, mas as mãos trêmulas não a deixavam agir direito. Depois de alguns segundos, quando pegou o aparelho, olhou para a tela: cinco horas da manhã. Ela havia programado o despertador para tocar naquele horário, pois iniciaria seu trabalho na cidade a qual deveria ter chegado.

O homem, sem se explicar, tomou o telefone da mão dela, abriu a janela e o jogou longe. A música passou a reverberar fora do ônibus. O choro perturbador das criaturas despertou novamente.

— Temos de sair daqui! — exclamou o homem, levantando-se.

Ele correu pelo ônibus, sentando-se no lugar do motorista. Spencer não sabia quem era aquele homem, mas sabia que sua vida dependia dele. O estranho ligou o automóvel, e as luzes se acenderam. Spencer pôde observá-lo pela primeira vez: usava uma jaqueta de couro preta e tinha olhos castanhos; seu cabelo liso e negro estava bagunçado, exceto por uma mecha presa na testa, encharcada de sangue.

— Tem uma bolsa atrás de um dos bancos — ele começou. — Pegue a arma lá dentro. Você sabe atirar? — perguntou, sem tirar os olhos do túnel.

Sem responder, Spencer correu até o banco de trás, pegou a bolsa, fez o caminho de volta e parou ao lado dele. Com cuidado, ela abriu o zíper e tirou de lá uma pistola Taurus TH 380. Spencer nunca tremera tanto quanto naquele momento. Ela encarou a arma em punhos e, mesmo não sabendo como manuseá-la, encontrou forças, pois precisava se manter viva.

O homem deu a partida no ônibus. Assim que as criaturas viram o tumulto, correram na direção deles.

— Segure firme, pois teremos chuva de molho de tomate logo à frente.

Spencer tentou entender o humor daquele comentário doentio e frio, mas apenas o encarou com um olhar gélido e seguiu a ordem, segurando firme.

O ônibus seguiu em frente e avançou contra a primeira pessoa. Como se não estivesse consciente, o homem foi de encontro ao ônibus em movimento. Não havia dúvidas, sua racionalidade havia sido perdida. No choque, o sangue se espalhou por todo o vidro frontal, fazendo o motorista acionar o para-brisa. Após o primeiro corpo, o veículo foi de encontro a outros; houve uma enxurrada de cabeças se chocando contra o ônibus, como uma chuva de granizo. Uma das pessoas pulou sobre o vidro dianteiro e começou a bater sua testa com força contra ele. Spencer começou a gritar, desesperada, pois o vidro não aguentaria por muito tempo.

A imagem do homem à sua frente fez com que Spencer tivesse um lampejo de memória. Ela voltou ao seu acidente e se lembrou de quando se chocou contra o vidro do carro. De forma instintiva, sacou a arma e apontou para a criatura. Ela ficou um tempo criando coragem para realizar aquele ato, pois nunca havia empunhado uma arma antes.

— Você consegue! Controle a respiração e atire! — o homem gritou.

Spencer não conseguia ouvir nada. Com as mãos trêmulas, disparou a primeira bala, mas errou, conseguindo apenas espatifar todo o vidro. Engoliu em seco, desesperada, pois o morto-vivo estava mais próximo de alcançá-los. Impulsionada pelo instinto de sobrevivência, atirou novamente. A segunda bala acertou em cheio no olho direito da criatura, que passou a se contorcer como uma cobra no asfalto: enrolava-se e se debatia como se estivesse tendo um ataque epilético. O ônibus passou por cima dele, como se estivesse atravessando uma lombada. Só então Spencer notou que acabara de matar uma pessoa.

— Ele não era mais um humano. Éramos nós ou ele — disse o desconhecido.

Spencer apertou os ouvidos com o dorso das mãos e cerrou os olhos com força, tentando sair daquele pesadelo sem fim.

Sem tempo para descansar, ouviram um choro atrás deles. Entreolharam-se e, em seguida, miraram na direção do som. A mulher jogada sobre o chão do veículo, que até então parecia estar morta, levantou-se. A lâmpada acima dela não parava de piscar. Sem escolhas, Spencer mirou na criatura e atirou, errando novamente. A coisa correu na direção da fotógrafa e a jogou contra o painel do veículo, fazendo com que as duas se chocassem bruscamente. O homem se assustou e quase bateu o ônibus em outro veículo.

Spencer estava em perigo. O estranho pegou uma escopeta, que estava ao lado do banco, e atirou. As balas seguiam desordenadas conforme ele tentava manter o ônibus sob controle na estrada, e ele algumas vezes quase acertou Spencer. Ouvindo os gritos da mulher, tirou a atenção do volante e mirou com fúria. O som do tiro invadiu o ambiente e, quando ele encarou o alvo, viu que acertara em cheio na cabeça, fazendo-a se despedaçar e o sangue espirrar para todos os lados. Spencer, que estava ao lado da criatura, encharcou-se de sangue. Desesperada, empurrou o corpo da mulher para o lado, que caiu com um baque.

— Belo tiro — elogiou, aliviada.

— Obrigado.

Eles avistaram a luz no fim do túnel, aproximando-se vagarosamente até que um flash de luz fez com que semicerrassem os olhos. Eles precisaram se adaptar à claridade. Quando se acostumaram com a luz do sol, o homem levou o ônibus para fora do túnel. Ainda estavam no alto da montanha e, ao olharem para a cidade abaixo deles, engoliram em seco.

— A luz no fim do túnel não me soa agradável — disse ele, sem acreditar no que via.

O ônibus desceu a montanha, pois eles achavam que poderiam encontrar bombeiros ou uma delegacia pelo caminho. O asfalto estava tomado por um tom verde-musgo; tiveram de desviar de raízes pelo caminho, tomando cuidado para que o ônibus não fosse engolido por elas, como parecia ter acontecido com diversos veículos abandonados ali.

Notaram uma placa quadrada e enferrujada, que dizia: “Bem-vindo a Marovince”.

— Pelo que parece, não conseguiram chegar na cidade a tempo — comentou o homem ao notar um pequeno avião comercial destroçado, partes já devoradas pelas raízes das árvores.

Seus olhos estavam sobressaltados devido a todas aquelas ondas de acontecimentos.

— Isso é impossível! O que aconteceu? — questionou Spencer, mas seu companheiro nem tentou responder; perguntas era o que não faltava em sua mente.

— Não vamos parar. Pode ser perigoso.

Quando se aproximaram da cidade, notaram que a água havia tomado conta de tudo. O local estava ilhado.

— Passou um tsunâmi por aqui? — perguntou Spencer, horrorizada com o que via.

Era evidente que a cidade havia sido vítima de uma catástrofe, mas os dois não conseguiam imaginar o que poderia ter causado tudo aquilo. Os prédios, as casas, os semáforos... Tudo estava tomado pela vegetação, como se a natureza tivesse engolido a cidade por uma noite e tomado aquilo que era dela por direito. Uma névoa branca pairava sobre a cidade desolada e esquecida por Deus.

Spencer se recordou das fotos tiradas em Chernobyl, o que a fez voltar para o fundo do ônibus e pegar a câmera. Agradecendo por estar intacta, passou o cordão em volta do pescoço, tirou a tampa da lente e começou a fotografar através do vidro, tomando cuidado para não enquadrar os respingos de sangue. Devido à experiência anterior, cogitou se tudo aquilo poderia ser um efeito severo da radiação, de modo que estariam respirando ar contaminado.

— O que aconteceu por aqui? — perguntou Spencer.

— Você tem muito para descobrir — retrucou.

— Qual é o seu nome?

Após um minuto de silêncio, ele respondeu:

— Acho que quem somos, ou quem fomos, não importa agora — respondeu, sem desviar o olhar enigmático da cidade. — Mas meu nome é Dante.

— Onde estava quando tudo isso aconteceu?

Dante ficou em silêncio.

Bem-vindo a
MAROVINCE

CAPÍTULO SETE
O TÚNEL

Horas antes, dentro do túnel...

Aquele era seu primeiro dia de trabalho em um hospital da cidade de Marovince. Dante estava em seu carro, enfrentando o trânsito. Alguns minutos atrasado, ouvia a canção "Do I wanna know?", da banda Arctic Monkeys. Sobre o uniforme do hospital, usava sua jaqueta preta da sorte. Confiante a respeito da nova aposta de emprego, mantinha um dos braços do outro lado da janela e balançava a cabeça ao som da música, as cores vermelho e azul de uma viatura ao lado iluminando seu rosto e o interior do carro.

De repente, sentiu uma forte pressão no ar, como se um chicote invisível tivesse invadido o túnel. Mal teve tempo para pensar, pois um ruído perturbador avançou pela fileira de carros, fazendo muitos vidros estourarem. Dante sentiu um líquido quente descendo pela testa e notou que alguns estilhaços haviam o acertado.

Ouviu-se um som agudo seguido pelo choro de crianças e alarmes de carros. Dante deslizou o dedo sobre o corte, borrando o rosto com o sangue. Sem reação, apenas encarou as pessoas à sua volta: pais estavam socando seus filhos. O pânico havia tomado conta do local, que ficava debaixo das montanhas, a poucos metros do destino de Dante. As pessoas saíam dos carros na tentativa de se salvarem, mas era questão de tempo para começarem a enlouquecer. Dante assistiu a tudo sem poder fazer nada. As pessoas caíam no chão, contorcendo-se e chorando. As que não enlouqueciam, caíam e ficavam paradas, como se estivessem mortas. As mulheres que não vomitavam, arrancavam os cabelos.

Aquilo o apavorou. Espantado, desligou a música e se encolheu entre os bancos do carro, tendo a ideia de permanecer naquela posição até tudo voltar ao normal. De seu esconderijo, conseguia ouvir sons assombrosos. Sentia-se em meio a uma guerra de loucos em um hospício.

Ao lado, um dos policiais abriu a porta da viatura vomitando. O outro, por sua vez, sacou a arma e apontou para as pessoas enfurecidas; estas correram em sua direção, esmagando sua cabeça contra a lataria da viatura. Após espiar rapidamente, ocorreu a Dante que as pessoas não queriam fazer aquilo; pareciam ter consciência de tudo, mas eram incapazes de resistir ao impulso. De repente, o assustador som de ossos se chocando contra a lataria do veículo parou, e Dante soube, mesmo sem precisar ver, que o policial estava morto.

Após uma hora, tudo ficou quieto, dava-se para ouvir apenas sons distantes, que ecoavam no túnel. Dante ainda estava abaixado entre os bancos, escondido daquelas pessoas loucas. Ele sentia a respiração pesada, apesar de fazer o possível para não chamar a atenção. O homem decidiu sair dali o mais rápido possível e procurar um lugar mais seguro. Não queria ter o mesmo fim que o policial. Olhando através da janela, não viu ninguém por perto.

Dante abriu a porta devagar para o som não denunciar seus planos; sentia como se o coração fosse sair pela boca. Espiou à sua volta, pois poderia haver pessoas entre os carros só o esperando aparecer para atacá-lo. Dante colocou os pés no chão e sentiu a água fria entrando em seu sapato. A água corrente rapidamente atingiu sua canela.

— Que merda é essa?

O sangue na lataria da viatura, possivelmente do policial, escorrera até a água, sumindo no aguaceiro. Dante encarou os corpos e se arrepiou da cabeça aos pés, tentando encontrar um motivo que justificasse tudo aquilo. Perto dali, notou um ônibus escolar, concluindo que seria um abrigo mais seguro. O mundo parecia envelhecido: os vidros dos automóveis estavam amarelados e os carros com alguns sinais de ferrugem. Ele olhou para dentro da viatura e viu uma mala de mão preta de couro. Mesmo sem saber do que se tratava, julgou que valia a pena levá-la consigo. Evitando fazer muito barulho, na tentativa de não atrair ninguém, avançou entre os destroços.

Ao se aproximar do ônibus, parou ao lado da porta. Olhando pelas janelas, vasculhou o ônibus à procura de sobreviventes e, como não viu ninguém, entrou e procurou lá dentro. Então fechou a porta na esperança de se manter seguro. Na boca, sentia um gosto amargo de ferro, o que imaginou ser o próprio sangue.

Pensando sobre a situação, cogitou que poderia ter acontecido o rompimento de alguma barragem, ou até mesmo um desastre natural, como um tsunâmi ou um terremoto. Apesar de não saber o que havia ocorrido, tinha a certeza de que algo de grandes proporções havia atingido aquela região.

Ao se sentar, a fim de fazer com que a respiração voltasse a normal, notou uma mulher caída no corredor. Seu coração perdeu um compasso e a respiração parou. Apesar de o veículo ter sido evacuado, ainda havia alguém ali. *Estaria viva?*, pensou. Trêmulo, foi se aproximando do corpo. A cada passo, o ônibus rangia sob seus pés, e, quando chegou mais perto, vislumbrou um filete de sangue escorrendo para baixo dos assentos.

Com a bota, cutucou o corpo da mulher, que vestia um jeans e uma regata que um dia havia sido branca. Sem resposta, Dante verificou a pulsação no pescoço, mas não havia nada. Além disso, a pele estava gelada e pegajosa. Virou-a de barriga para cima com bastante esforço e viu que os olhos estavam arregalados e vermelhos, como se alguém a tivesse estrangulado até a morte.

Após um tempo, lembrou-se da mala, então a colocou no chão e vasculhou. Encontrou uma escopeta, uma pistola Taurus TH 380, um isqueiro dourado, uma caixa de cigarro, um coldre marrom de couro, uma lanterna e munições para as duas armas.

Dante se lembrou da infância, quando seu pai o levava para atirar com seu rifle; os alvos eram sempre os troncos de árvores, ou frutos no alto das copas. Equipou-se com o coldre de couro marrom e escolheu a escopeta. Decidiu se manter seguro ali até aparecer ajuda. Respirou fundo, pegou o celular e tentou ligar para o serviço de emergência, mas não funcionou. Por trás do banco, ouviu o choro melancólico da mulher caída. Em um susto, virou-se e encarou os olhos dela: estavam vagos e vazios como um oceano sem ondas. Foi então que aqueles olhos pareceram se concentrar nele, fazendo o corpo de Dante se arrepiar. Mesmo morta, conseguia executar alguns comandos.

Sem aviso, gritos ecoaram pelo túnel. Dante se levantou, foi em direção à janela e olhou através do retrovisor do ônibus. Apesar da dificuldade em achar um ângulo, viu alguém correndo. A mulher parecia desesperada, e olhando adiante ele entendeu por que: um grande grupo de criaturas que um dia foram humanos corria incansavelmente atrás dela.

Dante sabia que não devia se arriscar, mas precisava pensar em algo para salvá-la, senão seria tarde demais.

— Eu não poderia deixar outro sobrevivente para trás — falou Dante, explicando de forma rápida o que tinha acontecido.

— É tudo muito estranho...

— Como foi com você? — perguntou ele.

— Estávamos em uma viagem em família. — Ela fez uma pausa. — Sou fotógrafa, e iria para a próxima cidade para iniciar um ensaio, mas, antes que pudéssemos chegar ao túnel, o carro capotou. Perdi a minha família, pois um cervo selvagem me impediu de salvá-los. Tudo que sobrou deles foram as fotografias na minha máquina e o caderno de desenho da minha filha, que está molhado e todo borrado.

Spencer pegou o caderno de Margô e abriu na última página, na qual estava o último desenho da filha.

Ela conseguia sentir a energia de sua filha por meio do desenho e se entristeceu ao perceber que não deveria ter dormido, pois, se estivesse atenta, talvez tivesse conseguido salvar as crianças e seu esposo. Spencer, contudo, deixou de devanear quando notou, no desenho da filha, um cervo. *Como Margô desenhou isso antes do acidente?*

— Poderia ter sido diferente — disse Spencer, com os olhos cheios de lágrimas.

— Você só vai saber o que vai acontecer no amanhã se estiver disposta a encará-lo — respondeu Dante após um tempo em silêncio.

Spencer se apegou àquele comentário. Os dois voltaram a atenção para a paisagem apocalíptica. Era como estar em um filme: tudo parecia fazer parte de uma simulação realista em um campo de sobrevivência fictício. Spencer só queria sair daquele pesadelo e rever novamente sua família.

CAPÍTULO OITO
DESTINO IMPERFEITO

A água estava por toda parte: entre os carros enferrujados, prédios, casas... Conforme o ônibus passava devagar, não era possível ouvir o som dos pássaros ou qualquer outro animal. Devido ao ambiente úmido, havia um forte odor de mofo pairando no ar. Se antes o ambiente dentro do túnel era assustador, aquele ia muito além.

— Olhe — Dante apontou —, aquele era o hospital em que eu trabalharia.

Ele diminuiu a velocidade do veículo para observar o prédio, ou o que havia sobrado dele.

— Não ficamos no túnel por muito tempo — observou Spencer. — Como isso tudo aconteceu em horas?

— Não sei, mas algo deve ter acelerado o crescimento da vegetação de forma exacerbada. Podem ter sido fungos ou outras coisas que ainda não descobrimos. Nunca vi uma anomalia assim — respondeu Dante. — Onde estão os outros sobreviventes?

A barriga de Spencer roncou, lembrando-lhe de que não comia nada havia horas.

— Estou faminta — comentou, envergonhada.

— Vamos andando. Não podemos chamar muita atenção — Dante sugeriu, desligando o veículo.

Antes de sair do ônibus, avaliaram se havia qualquer perigo à vista. As ruas estavam silenciosas, e não se ouvia nem se via nada; o mundo tinha parado de funcionar. Qualquer barulho, até mesmo o da respiração deles, vagava pela cidade de forma assustadora. Eles desceram com calma e, no meio da rua, notaram que a cor amarelada da lataria do ônibus sumira, dando lugar à ferrugem.

— Que bizarrice é essa? — Dante voltou e deslizou o dedo sobre a lata-velha. Spencer não disse nada, ficou observando o homem apalpar o vento, como quem deseja apanhar um pouco de ar com as mãos. — Algo no ar está envelhecendo tudo.

— O que você está fazendo? — perguntou Spencer, sem entender o que ele pretendia.

Houve um minuto de silêncio. Dante friccionou os dedos um no outro, e então um pó fino e branco se formou.

— Isso não é neblina. A radiação ainda está presente no ar, e estamos totalmente expostos a ela. Vamos procurar um lugar seguro, Spencer.

Os dois voltaram para o ônibus; seria mais seguro achar um lugar dentro dele, protegidos contra a possível radiação, caso a teoria dele estivesse certa. O ônibus escolar voltou a transitar em meio à destruição.

— Será que estamos no purgatório? — Dante teorizou.

— Se este é o purgatório, não quero nem imaginar como é o inferno — retrucou Spencer, deslizando os dedos sobre a jaqueta na tentativa de conter os calafrios.

— Ou estamos em uma nova realidade — deduziu Dante.

— Como isso é possível?

— Não sei, Spencer, mas uma coisa é certa: não será possível prosseguir com o ônibus. — Spencer tirou os olhos do novo companheiro e mirou na mesma direção que ele. — Devemos descansar antes de continuar. Não chegaremos a lugar nenhum se estivermos cansados. Além disso, o nível da água está mais alto nesta região — falou Dante, bocejando. — Vamos ter de entrar ali mesmo.

Ele apontou para o banco central da cidade. Sem uma confirmação de Spencer, avançou até lá. Quando o veículo adentrou, Dante observou o lugar, atento a qualquer movimento ou perigo que pudesse comprometê-los. Ele estacionou.

— Me ajude a verificar se todas as janelas estão vedadas e feche todas as cortinas de modo que ninguém nos veja aqui dentro.

Conforme foi instruída, Spencer verificou todas as janelas e fechou as cortinas. O lugar ficou escuro, então Dante desligou o veículo, deixando o silêncio se estabelecer. Eles seguiram em direção ao fundo do ônibus e se sentaram nos bancos aveludados para descansar e se preparar para o crepúsculo. O odor fétido de mofo e de sangue incomodava, mas eles não podiam exigir demais.

— Estou faminto — Dante confessou, inclinando a cabeça para trás e respirando fundo.

— Acho que deve ter algo aqui...

Spencer verificou dentro da bolsa e viu o que havia sobrado dos brownies que seus filhos comeram. Era possível ver as marcas das mordidas de Alex; ela sabia que eram dele, pois o menino tinha a mania de beliscar a comida e depois abandoná-la. Spencer paralisou olhando para dentro da bolsa, e Dante a fitou, notando seu desconforto.

— Tenho alguns brownies, um pouco velhos, já que o tempo deve ter também acelerado a validade desses pobres aperitivos, mas vai camuflar a nossa fome até encontrarmos algo melhor.

Aqueles brownies, mesmo envelhecidos, estavam surpreendentemente incríveis.

— Isto é a melhor coisa que já comi na vida! — exclamou Dante.

— Vou ter de concordar com você — Spencer disse, restabelecendo-se dos pensamentos ruins.

O dia foi perdendo a cor, e novos sons foram emitidos do lado de fora. Tudo que sabiam até então era que a noite não era um bom momento para sair. Spencer e Dante ficaram com os olhos e os ouvidos atentos a qualquer sinal de perigo. Era possível ouvir o som da água corrente, e, com o passar o tempo, de colisões com a lataria do ônibus, que foram ganhando intensidade. Dante estava preparado. Em caso de perigo não hesitaria em ligar o veículo e partir dali.

Spencer não conseguia controlar sua respiração. Sobressaltava-se cada vez que um novo objeto, arrastado pela água, colidia-se contra o ônibus. A ansiedade frente a tudo aquilo havia aumentado.

— Tente manter a calma, Spencer, pois acho que nosso medo pode atraí-los. Não sabemos ainda o que são, nem como são atraídos, muito menos como morrem.

— Isso é tão diferente dos filmes. É tão mais assustador e desesperador.

Ele estava preocupado com a respiração pesada e, consequentemente, ruidosa de Spencer, de modo que não se surpreendeu quando um som estridente sobre o teto do carro reverberou pelo ambiente. Em seguida, a lástima das pessoas foi ouvida novamente, mesmo que baixinho dessa vez, parecendo surgir de quarteirões além. Do lado de fora do ônibus, ali no banco, um choro chamou a atenção dos dois. Spencer nunca ouvira alguém chorar com tanta dor, contudo se lembrou do choro de Mike na noite anterior.

— Preciso verificar o que está acontecendo — sinalizou Dante, colocando-se de pé.

— Não parece ser uma boa ideia. — Spencer o seguiu com os olhos. — O que está pensando em fazer?

— Vou dar uma pequena espiada pela fresta da cortina.

— Não faça isso. Ei, volte aqui!

Dante a ignorou e se levantou com cautela para não emitir nenhum barulho e chamar atenção daquilo que estava do lado de fora. Apenas um segundo de espiada pela minúscula fresta da cortina de tecido aveludado azul fez com que ele voltasse a posição inicial com os olhos arregalados.

— O que você viu? — perguntou Spencer, com o coração disparado.

A mulher não entendia o motivo de tanto espanto, pois era a primeira vez que o via daquela maneira. Até então, ele passara muita segurança, embora a situação fosse peculiar.

— Eu... eu... — gaguejou Dante. — Eles são muitos. Não conseguiremos sair.

Enquanto tentava digerir as palavras de Dante, Spencer imaginava a multidão lá fora. A forma como ele falara a deixou temerosa, pois parecia mais sério do que podia imaginar. A mulher teve de conter a ansiedade, pois se sentia prestes a perder o controle.

— O que faremos se eles descobrirem que estamos aqui dentro? — Spencer sussurrou, sem conseguir evitar o olhar desencorajado e cheio de pânico.

Logo, unhadas e socos foram ouvidos no lado de fora, evidenciando que a ameaça estava mais perto do que nunca.

— É uma boa hora para pensar nisso, pois eles já perceberam — retrucou Dante, indo de um lado para outro à procura de uma solução.

CAPÍTULO NOVE
A ESCOTILHA

O choro estava ganhando intensidade. Dante correu até o painel e tentou ligar o veículo, mas ele não obteve respostas do motor. No instante seguinte, um dos vidros se estilhaçou e algo começou a passar por ele. Spencer apontou para a janela do ônibus abruptamente.

— Saída de emergência — ela gritou, indicando o teto do ônibus com o queixo.

Ainda trêmula, sem tirar os olhos da janela, pois temia que as criaturas pudessem avançar, Spencer subiu em um dos bancos.

— Bem pensado — respondeu Dante, fazendo o mesmo e ajudando a empurrar a escotilha no teto.

As criaturas começaram a se empurrar entre si, lutando para ver quem alcançaria o ônibus primeiro, e a chacoalhar o refúgio dos sobreviventes de um lado para o outro. Spencer e Dante sabiam que deviam sair o mais rápido possível, ou não sobraria uma nova oportunidade. Juntos, forçaram a escotilha de emergência, retirando um lacre vermelho de proteção, mas estava emperrada por conta da ferrugem. O suor escorria pelo rosto dos dois, e o desespero aumentava. Somente após a devida pressão a escotilha foi aberta.

Dante saiu primeiro rumo à parte externa do veículo, mas ficou encurvado devido à proximidade do teto acima de sua cabeça. Segurado a mão de Spencer, ele a puxou. Atento aos detalhes, notou várias escoriações e sangue seco no braço dela. Lembrou-se daquilo pelo que havia passado, imaginando o que havia acontecido antes de conhecê-lo, e concluiu que sua companheira era uma guerreira.

Equilibraram-se por causa do balanço do veículo, mas Dante escorregou e por pouco não caiu. Spencer se levantou, ainda inclinada, e forçou o teto de gesso acima deles. Com muito esforço, conseguiram rompê-lo. Assim como antes, Dante adentrou pelo buraco, e Spencer foi atrás. Quando estava prestes a se colocar para fora, Spencer sentiu uma mão fria segurando sua canela; ao olhar para baixo, viu uma idosa.

– Socorro, me ajude – respondeu a mulher, clamando e chorando.

Spencer sentiu uma pontada de humanidade, mas a faísca logo se esvaiu, pois a tristeza daquela mulher se desfez sem aviso, abrindo espaço para uma risada estranha. Spencer sacudiu a perna para se livrar da mulher, mas não estava surtindo efeito.

– Me puxe! – gritou Spencer, em desespero e sentindo as unhas da mulher rasgarem sua pele.

Dante tentou puxá-la pelo braço, mas não obteve sucesso. Spencer, com uma das mãos, tirou a alça que segurava a câmera fotográfica e a arremessou no rosto da idosa, que caiu para trás em um único golpe. O ônibus tombou para o lado, mas Spencer já estava pendurada no teto do estabelecimento e foi puxada por Dante.

– Meu Deus! Estou sem ar.

Spencer se deitou ali mesmo para recuperar o ar e expulsar a adrenalina; Dante fez o mesmo. Ele tentou ligar a lanterna, mas a bateria havia acabado. O escuro era amedrontador naquela situação, e os dois se questionavam se alguém poderia estar ali, esperando para atacá-los.

A fotógrafa pegou a câmera e começou a tirar fotos com o flash para visualizar o ambiente à sua volta. Havia apenas afiação e algumas ferramentas de sondagem. O ambiente era seguro.

— Aquela mulher... estava consciente, e tentou me manipular — Spencer informou, buscando respostas em seus pensamentos. — Espero que amanhã a gente descubra o que aconteceu com essas pobres pessoas.

— Precisamos cuidar de seus ferimentos. Você está perdendo muito sangue; temos de procurar algum tipo de curativo — disse Dante, com um olhar de preocupação.

Spencer e Dante ficaram a noite toda na mesma posição, ouvindo o som do lamento e de vidros se estilhaçando abaixo deles. Parecia impossível pegar no sono com aquele coral choroso e com a possibilidade de um ataque a qualquer momento.

No dia seguinte, a dupla havia descansado muito pouco. Spencer colocou o rosto no buraco que haviam feito no teto, deixando seu cabelo ruivo e bagunçado suspenso enquanto virava a cabeça em todas direções. Não havia ninguém ali.

— A barra está limpa. Vamos — disse, chamando Dante. — Onde será que está todo mundo? — perguntou com um sussurro quando chegaram à rua. A cidade estava abandonada, não havia sobreviventes. Era como se tivesse sido evacuada. A devastação era assustadora. — Será que somos os únicos sobreviventes do planeta?

Andando entre os prédios, viram-se em ruas tomadas por ferrugem e água. Havia carros submersos, pontes caídas e corpos boiando, alguns com raízes entrando pela boca ou qualquer orifício. Dante e Spencer criavam teorias em suas mentes para entender como tudo aquilo acontecera.

— Que cheiro horrível! — disse Dante com ojeriza, sem deixar de olhar para a paisagem à sua frente. — Então, Spencer Jones, né? O que gosta de fotografar? — perguntou.

— Ambientes hostis e desolados. Ganhei um prêmio no ano passado pela melhor fotografia de Chernobyl. O lugar rendeu fotos incríveis — ela falou, observando com horror o cenário parecendo cada vez mais apocalíptico. — Eu estava indo com a minha família para a próxima cidade, que fica a poucos quilômetros daqui. Mas não deu certo.

— Acho que aqui seria o lugar ideal para as suas fotos — retrucou.

— Até demais, acredito. Estou surtando por dentro, às vezes sinto que vou desmaiar.

— Pode ser que esteja tendo uma hipovolemia.

Dante fez alguns torniquetes improvisados sobre as feridas de Spencer com aquilo que ainda tinha; sentia o dever de protegê-la como a uma irmã. Antes de finalizar seu atendimento, um som próximo fez com que ficassem atentos. Ao olhar para um cinema abandonado, cuja parede direita havia sido consumida pela vegetação, Dante se aproximou, sacando a arma que estava na cintura. Ele conseguiu ver a imagem horrenda de raízes se movendo e consumindo um corpo humano em estado de decomposição, ao passo que cobriam as partes não dominadas de forma nunca antes vistas. A natureza frente aos seus olhos estava viva, literalmente, e queria dominar tudo aquilo que o homem havia tirado dela.

— Venha, Dante, saia de perto disso. Não sabemos o que é.

Dante não conseguia tirar os olhos daquela cena assustadora, como se ela estivesse lhe chamando para fazer parte do enfeite bizarro na parede.

Continuaram a trajetória. Como Dante conhecia aquelas ruas mais que Spencer, ela o seguia sem questionar. Dante olhava em todas as direções, relembrando como tudo era antes.

— Tem alguma ideia de aonde estamos indo? — perguntou Spencer.

— Não, mas tente procurar por sobreviventes, alimentos ou armas. Fique atenta a qualquer movimentação.

— Olhe... Sei que não tivemos, e nem temos, tempo para isso, mas quero agradecer pela ajuda no túnel. Não sei o que poderia ter acontecido comigo se não estivesse ali — Spencer confessou.

Dante a encarou por alguns segundos, esboçando um sorriso torto.

— Antes disso tudo, eu costumava cultivar as plantas, era uma terapia para mim. Havia muitas na minha casa. Elas me deixavam calmo, e eu acreditava que eram melhores do que muitos humanos. Hoje, repenso sobre isso.

— Se for radiação, consegue explicar por que as plantas não sofreram junto com os humanos? — perguntou Spencer, confusa.

— As plantas têm uma parede celular diferente da dos humanos. Elas não espalham os tumores pelo sistema como os humanos, e são menos sensíveis à radiação do que nós. Como aconteceu em Chernobyl, elas conseguem alterar o seu funcionamento e se tornam mais resistentes para consertar o dano causado; é um exemplo de adaptação e evolução. Mas essa radiação que estamos presenciando é diferente de tudo: ela acelerou completamente o crescimento da vegetação de forma jamais vista – explicou Dante, observando as raízes que dominavam os prédios a distância.

Ao terminar a explicação, ouviram o som de batidas pouco à frente, que ecoavam nas ruas daquela cidade devastada. Olharam um para o outro, alertas. O som da água que corria pela rua diminuiu de intensidade, como se quisesse que eles ouvissem melhor. Mesmo temerosos, decidiram seguir na direção dos ruídos.

O ambiente foi ficando escuro à medida que se aproximaram dos prédios, pois estes vedavam a entrada da luz solar. O som ficava cada vez mais alto, mais alto... Com medo de escorregar, Spencer seguiu lentamente, pois a água estava por toda parte, alcançando a cintura. Os batimentos cardíacos de ambos estavam acelerados.

– Pior do que viver o fim dos tempos é morrer por leptospirose. Não podemos andar na água dessa forma – sugeriu Dante.

Estava pronto para apertar o gatilho se fosse preciso, mesmo sabendo que aquilo poderia não ser uma ideia inteligente. Continuaram, até que perceberam que o barulho vinha de um prédio imenso. Spencer leu em voz alta a placa: "*State Museum*". A letra "U" havia sido consumida por trepadeiras. A estrutura feita de tijolo estava tomada pela coloração de uma planta desconhecida. As raízes grossas entravam pelas frestas e pelas janelas à força. A estrutura do museu se estendia por todo o quarteirão, e a escadaria à sua frente abria espaço para as raízes, que cobriam toda a superfície.

CAPÍTULO DEZ
ARMADILHA

Ao lado da escadaria, havia duas estátuas gigantescas. À direita, o deus dos mares, Poseidon; à esquerda, Zeus, o deus dos deuses, com seu cetro apontado para a frente. Também dominado pela vegetação, o braço direito de Zeus já não existia mais, e, em seu lugar, pendia uma planta. Uma placa na entrada da parte interna do museu estava pichada em vermelho com a frase: "*Ethel ist hier drin*".

— Sabe o que isso quer dizer? — Spencer quis saber.

— É alemão. Algo que está dentro deste museu quer ser encontrado. Talvez seja um pedido de ajuda.

— Ou uma boa armadilha.

— Não complicariam o código se fosse uma armadilha. Alguém anunciou que está aqui de forma discreta — Dante refletiu, encarando o local.

Na entrada, existia um livro de mármore com algumas informações e um mapa do interior da estrutura. Spencer puxou as raízes que estavam por cima. A escadaria dava acesso ao saguão principal: "*Hall 1 oval*", segundo o livro-mapa. Ali, havia uma caixa de madeira, que parecia intacta quando comparada ao ambiente à sua volta.

— Alguém passou por aqui recentemente — Dante constatou.

Spencer abriu a caixa e percebeu que dentro dela havia um rádio, algumas anotações sobre a cidade e uma carta escrita à mão.

O mundo virou ao avesso. Tudo que eu conhecia foi destruído, e restaram apenas algumas pessoas. Os que sobraram chamaram isso de Desdobramento da Partícula, ou algo nesse sentido. Eu os ouvia através dos sinais de rádio que captava.

Nada disso importa agora, no entanto. O céu fica mais estranho a cada dia, os oceanos invadiram parte das cidades... Isso tudo está no sangue. Ele é a chave de tudo, disseram.

Os animais e a vegetação sofreram mutações horríveis. E eles estão por toda parte, escondidos em cada canto da cidade, à espreita para te destruir.

Estou dentro do museu esperando ajuda. Encontrei um rádio e o sinal parece melhor aqui dentro. Estou prestes a perder a sanidade. Se achar esta carta, saberá que estou em perigo e esperando ajuda.

Ethel

Spencer sentiu um frio na barriga; aquele bilhete a deixou pensativa. Dante pegou o papel da sua mão ainda trêmula e começou a ler.

— Hum... O que ela quis dizer com "Isso tudo está no sangue"? — perguntou Dante, observando cautelosamente o lugar. — Algo aqui não está certo.

— Tirando todo o resto? — finalizou Spencer, de forma irônica. — Parece que o mundo está assim há anos. Há dois dias eu vivia uma vida comum. Como há sobreviventes já com teorias prontas acerca disso tudo? Eu mal me recuperei do choque...

— Podem ser cientistas que já haviam previsto isso tudo, já estavam preparados para o que aconteceria.

— E a gente não ficou sabendo de nada?

— Não seria a primeira vez que o governo esconde informações da população...

O som ainda persistia, eram sequências consecutivas: de quatro em quatro segundos, ouvia-se o som se repetir, e a cada momento o volume aumentava. Adentrando o lugar com cautela e sem fazer barulho, observaram o imenso hall. Mesmo sendo uma versão diferente do que fora um dia, a beleza era evidente. Ao olhar para cima, viram uma claraboia redonda de vidro, em formato de cúpula, que ocupava boa parte do teto. Algumas fagulhas da luz do sol ultrapassava o vidro e encontrava o piso dominado pela água. O pó presente na atmosfera atravessava os raios solares, como se rasgasse o ar.

Os poucos vidros ainda intactos estavam amarelados. No centro do hall, uma árvore gigante crescia, levantando o piso com suas grossas raízes e saindo pelas janelas de vidro ao redor. Uma flor descomunal, de um vermelho intenso, emergia no centro da árvore e emitia uma fluorescência jamais vista.

— Isso é tão lindo — disse Spencer, fascinada.

Ali, havia uma estátua gigante imitando *Vênus de Milo*, além de reproduções de esculturas renascentistas, como a de *Davi*, de Michelangelo, de quadros luxuosos e um imenso fóssil de réptil pré-histórico suspenso por ganchos de aço. Spencer notou que um deles havia se soltado do teto, de modo que parte da estrutura fora comprometida.

— Nunca vi nada assim na vida... É lindo, mas ao mesmo tempo assustador — comentou Dante.

O som, que insistia em continuar reverberando pelo ambiente, parecia sair daquela estranha árvore. Eles adiantaram o passo; o desespero aumentava à medida que iam se aproximando, o som ficando mais intenso. Pouco à frente, algo branco pendia no teto e alcançava o chão, balançando de um lado para o outro, colidindo repetidamente na parede, produzindo o som que ecoava por toda a área.

— Mas o que é isso? — questionou Dante, desconfiado.

— Parece que tem alguém ali dentro.

Alguém ou alguma coisa, que estava naquela espécie de casulo, emitia um ruído abafado. Spencer, mesmo com medo, puxou a estrutura que recobria aquela coisa e sentiu o toque de sedoso daquela fibra pegajosa e fétida. Com agilidade, rasgou parte aquele desconhecido tecido.

— Socorro! Me tirem daqui! — Surgiu a voz agoniada de uma mulher.

Spencer e Dante, apesar de chocados com a conclusão de que havia alguém ali dentro, rasgaram o tecido branco com os dedos para resgatá-la o mais rápido possível. Quando se viu livre, a mulher aceitou a ajuda dos dois, que a seguraram para não que não caísse na água.

— Você está bem? O que houve aqui? — perguntou Dante, balançando as mãos para se livrar da gosma entre os dedos.

— É uma armadilha! Ela está por aqui! — gritou, desesperada, procurando algo ao redor.

— Ela quem? — Spencer estava assombrada, já cogitando a possibilidade de aquela mulher estar desvairada, como os outros, ou em algum estado de delírio.

— Ela!

A mulher apontou o dedo indicador para algo atrás deles. Pouco acima da porta de entrada, a criatura negra e descomunal permaneceu no lugar enquanto movimentava o abdômen protuberante.

— Me diga que aquilo não é uma aranha! — pediu Dante, em pânico.

A criatura assumira um tamanho desproporcional; sua estrutura era peluda, e tinha oito patas, olhos enegrecidos que reluziam a distância. Mandíbulas enormes transfixavam o pescoço de um homem, liberando a enzima digestiva e haurindo todos seus fluidos corpóreos, manipulando-o como uma marionete com suas patas afiadas. Ela movimentava o abdômen, mas permanecia no lugar, devorando-o lentamente e, ao mesmo tempo, planejando uma estratégia para devorar suas próximas presas vivas.

— Ela não vai atacar enquanto estivermos na água. Qualquer som fora da água poderá chamar a sua atenção — a mulher contou. — Além disso, está ocupada devorando o meu companheiro.

— Espero que aquela passagem pela qual entramos, bem abaixo dela, não seja a única para sair — disse Spencer, de olhos arregalados.

— Não é a única, ou melhor, não era, porque a saída de emergência está interditada por outras coisas que vocês não gostariam de conhecer – disse a mulher, mostrando a perna arranhada.

– Temos uma saída! – Dante exclamou, olhando para cima, para as janelas pelas quais a árvore saía daquele lugar já dominado pelo inimigo, fosse ele qual fosse.

– Você não está pensando em escalar essa coisa, está? – perguntou Spencer, incrédula.

Antes que desse conta, Dante começou a subir pelo tronco da árvore de forma lenta, sem olhar para baixo. Spencer e a mulher não paravam de olhar para a aranha, que continuava distraída com sua refeição. Dante estava surpreso com a beleza da flor, que reparou que estava cada vez mais próximo da sua cabeça, que parecia soltar um perfume hipnotizante.

– Se fossem outros tempos, eu pegaria você para mim – disse, olhando para a grande e peculiar flor.

– Não a cheire – sugeriu a mulher em tom baixo para não chamar a atenção da aranha.

Mas era tarde demais. Dante foi ficando enfraquecido.

– Não estou sentindo meu corpo – disse lentamente, como se estivesse com sua capacidade de fala comprometida.

Dante estava a poucos metros da água quando perdeu todas as forças e despencou. Por sorte, boiou naturalmente, pois estava paralisado da cabeça aos pés. Com o barulho, a aranha optou por se dedicar à nova refeição. Ela soltou sua presa, deixando-a cair, e seguiu rumo à árvore.

– Vamos, temos de mergulhar da água – orientou a mulher.

As duas, ao entrarem de forma delicada na água, viram a aranha tecendo sua teia para os lados, e ficaram aliviadas quando perceberam que de alguma forma estavam escondidas.

— Acorde, Dante — Spencer sussurrou.

Dante via e assimilava tudo, mas não conseguia falar ou se mover. O pânico o dominava à medida que a teia tecida por aquela coisa aumentava de tamanho, ciente de que algum objetivo seria cumprido a partir daquilo.

— A flor tem efeito paralisante e sonífero. Ela paralisa o corpo por dez minutos apenas. Seu namorado vai ficar bem — a desconhecida informou.

— Ele não é meu namorado — Spencer repreendeu.

— Vamos puxá-lo para fora daqui, mas sem fazer barulho. Parece que a aranha sabe que estamos aqui, mas não consegue nos enxergar muito bem. Se formos discretos, podemos fugir — comandou a mulher.

— Não é melhor esperar ele acordar?

— O efeito final dessa planta é extremamente alucinógeno. Ele pode delirar e chamar a atenção dessa coisa. Temos de tirar ele daqui antes de completar os dez minutos. Vamos, o tempo está passando. Essa flor está por toda a cidade, e vi muita gente perdendo a vida por causa dela.

Puxaram-no com muita força. Às vezes, a água entrava em sua boca, fazendo-o perder o fôlego. Elas o arrastaram até à porta de entrada. O corpo do homem que a aranha destroçara ainda estava fresco na entrada, completamente dilacerado. Quando saíram, puxaram Dante ainda pela escadaria, arrastando também a vegetação grudada na roupa dele. Spencer escorregou e caiu mais de uma vez, irritando a outra mulher, mas esta não demonstrou, afinal, se não fossem eles, talvez tivesse virado comida de aranha.

— Levante! Temos de sair daqui imediatamente.

Os movimentos de Dante voltavam aos poucos. Ele sentia a dor percorrendo suas articulações, como se tivesse sido contaminado com o veneno de uma cobra peçonhenta. Depois de um tempo, conseguiu caminhar com os braços apoiados no ombro de suas acompanhantes. Spencer começou a sentir pequenas pontadas em seus machucados após caminharem por um bom tempo. Sentia que novamente iria perder a consciência, mas tentava ser forte, ou morreria ali mesmo.

— Estamos quites — falou Dante, olhando de lado e sorrindo para Spencer. — Pode deixar que pago seu café.

— Tudo que quero no momento é uma cama.

— Estamos quase chegando... — incentivou a desconhecida.

— Você é Ethel? — perguntou Spencer à mulher, olhando para a frente e tentando identificar se já estariam realmente chegando ao destino indicado.

— Sou, sim, e você? — falou, cansada e ofegante.

Spencer se lembrou da carta com a assinatura e ficou mais tranquila em pensar que ela poderia saber mais acerca do que estava acontecendo, mas teriam de sobreviver àquele episódio antes.

— Sou Spencer, e ele é Dante.

O sol já estava indo embora pelo horizonte, as ruas iam ficando mais escuras e assustadoras à medida que o tempo ia passando. Durante o trajeto, Spencer observou as pessoas boiando sobre a água parada que engolia toda a cidade, mas tentou não se distrair para não perder o ritmo.

Pouco à frente, um edifício era consumido por uma árvore que adentrava por todas as entradas; as raízes grossas e resistentes o cobriram como uma serpente engolindo sua presa. Aquilo fez Spencer ficar tonta e imóvel. Os corpos boiavam, inchados e podres, e algumas espécies de gastrópodes, que lembravam lesmas, engoliam-nos lentamente. A natureza parecia empenhada em finalizar o estrago que os humanos haviam feito ao planeta; era uma cena que Spencer jamais imaginara vivenciar. O lodo dominava todos os prédios e construções.

— Spencer, não se distraia. Eu contarei tudo quando chegar a hora. Preciso que fique comigo — Ethel pediu.

Spencer se concentrava em se manter consciente apesar da dor e do esforço, pois sabia que Ethel não conseguiria salvar duas pessoas ao mesmo tempo. Aquele pensamento a manteve resistente até chegar ao local para o qual a mulher os guiava. Não sabia se ainda faltava muito, mas sabia que precisavam de ajuda.

CAPÍTULO ONZE
O COMBOIO

Spencer avistou um beco entre dois prédios estreitos. No final do corredor, existia uma escadaria que os conduzia para a direita. Havia uma bicicleta infantil amarela e enferrujada, com uma das rodas tortas, abandonada ao lado de uma lixeira azul. Spencer imaginou uma criança andando pelas ruas, e aquilo a fez se lembrar da primeira vez que seus filhos conduziram uma bicicleta sem as rodas de apoio.

Spencer e Dante não sabiam o que poderia haver no final daquele beco claustrofóbico, aonde a luz do sol não chegava. Assim que chegaram do outro lado, subiram as escadas, saindo da água. Encontraram uma pequena porta de madeira com uma pichação em vermelho: "*Rote herde*". Ela encarou Dante, pensando em perguntar o significado do letreiro, mas decidiu não o fazer. Ele estava exausto, e o mínimo que ela poderia fazer era ajudá-lo, pois ele já demonstrara ser um grande parceiro.

Ao chegarem à porta, o sol se pôs. Eles começaram a ouvir novamente os ruídos e os gritos; vinham da rua. Parecia um enxame de vespas enfurecidas.

— Onde estamos? — perguntou Spencer.

— Você verá — retrucou Ethel.

— Acho que eles não vão esperar por muito tempo — disse Spencer, olhando para trás, assustada.

Ethel virou uma ampulheta que estava pendurada em um cordão no pescoço e bagunçou o cabelo curto e desfiado, que tinha o mesmo tom da bermuda de sarja marrom; ambos combinavam com a camisa que estava vestindo. Os olhos castanhos de Ethel percorreram o local, e, quando viu que estavam sozinhos, bateu lentamente três vezes na porta, depois deu batidas que se assemelhavam ao galope de um cavalo; parecia uma espécie de código. Abriu-se, no meio da porta, uma fresta. Nela, apareceu um par de olhos.

— Não acredito. Ethel, é você mesmo? — O homem falou do lado de dentro e abriu a porta rapidamente, gritando de felicidade e a abraçando. — Como isso é possível? Achei que você tivesse morrido. Entre! Espere... Quem são esses aí? — perguntou o homem, na defensiva.

— São meus novos amigos. Eles me salvaram, e agora precisam de ajuda.

Spencer ficou feliz em saber que Ethel a estava chamando de amiga; mesmo com tão pouco tempo de convívio, sabia que podia confiar nela. Pela primeira vez, sentiu-se segura de verdade. Ao entrarem, Dante começou a retomar suas funções. Ficaram surpresos quando encontraram mais pessoas naquele lugar, inclusive crianças.

O local estava assustadoramente limpo. O chão era feito de porcelanato líquido e havia mesas para jogos espalhadas por todos os lados. Na lateral, um balcão enorme com cadeiras, e, acima dele, lustres e luminárias decorativas; um globo de luz chamava a atenção pelo seu tamanho. Spencer olhava para tudo com admiração.

— Estamos em Nárnia! — exclamou Dante, com os olhos brilhantes, fazendo Ethel soltar uma risada.

Spencer não acreditou no que estava diante de seus olhos. Achara que eram os únicos sobreviventes, mas havia mais pessoas.

— Aqui funcionava uma antiga boate-cassino. Aconteciam jogos, apostas, drogas, *strip-tease*... Como a energia parou, muito dos equipamentos deixaram de funcionar, mas outros são grandes fontes de distração para os sobreviventes — informou Ethel, séria. Eles foram recebidos com boas-vindas por todos, que estavam felizes por descobrirem que mais sobreviventes poderiam fazer parte daquele comboio de, até então, trinta pessoas. — Explicaremos tudo mais tarde. Temos de descansar e comer algo; vocês devem estar famintos.

— Estamos com muita fome — disseram Spencer e Dante, em uníssono.

Os outros sobreviventes haviam improvisado uma cozinha em uma das áreas do prédio. Spencer e Dante encontraram uma vastidão de alimentos, que comeram feito leões famintos. Por sorte, foram tratados por uma médica que estava no lugar auxiliando todos os sobreviventes feridos.

— Olá, novatos. Obrigado por terem salvado Ethel, devemos muito a vocês dois — disse um homem com sotaque britânico. Seu cabelo era loiro e ondulado; olhos claros e uma barba malfeita, que combinava com seu estilo e com a farda militar que trajava. Ele ergueu os braços definidos e apertou a mão de Spencer e Dante. Spencer passou a admirar o ambiente pouco iluminado por velas. — Meu nome é George. Ethel saiu para buscar a transmissão de sinal de rádio que estava vindo de algum lugar das montanhas, mas não conseguiu retornar sozinha. Nosso time está completo graças a vocês.

— Vocês sabem o que aconteceu? — perguntou Dante.

George parecia ser um rapaz do bem. Ao se aproximar de Dante, para começar a explicar, o soar de um sino fez todos pararem o que estavam fazendo. Spencer e Dante não entenderam o motivo daquilo, mas, acompanhando os demais, entraram em uma sala. Cada um se abasteceu com o necessário: travesseiros, cobertores, lençóis...

— O que está acontecendo? — perguntou Dante.

— É hora de se recolher. Todos devem se deitar no chão e parar o que estão fazendo para o som não atrair as criaturas. Geralmente, próximo a esse horário, aquelas coisas lá fora acordam e começam a festa. Ocorre às dezenove horas. — Aqui. Podem ficar do meu lado, mas retirem tudo que possa produzir sons indesejáveis — pediu Ethel.

Spencer e Dante se olharam e fizeram o que foi pedido. Ethel trouxe dois colchões finos para ambos se deitarem, e em minutos todos estavam ajeitados no chão. O homem loiro estava ao lado de Spencer, e Ethel, ao lado de Dante. O silêncio logo surgiu.

Spencer olhava pra cima, era a primeira vez que se deitava com pelo menos um resquício de tranquilidade depois de tudo que lhe acontecera. Ao sentir o alívio, soltou o ar de forma demorada. Contudo, ao desacelerar a mente, a dor voltou quando se lembrou de seus filhos e de seu marido. Segurou-se para não chorar, mas, embora não quisesse que ninguém percebesse sua dor, não pôde evitar que uma lágrima escorresse pela bochecha.

Queria não estar aqui. Queria ter partido com eles, pensou.

Spencer ouvia o pranto distante; eram de crianças, homens e mulheres. Um coral de terror se fazia presente, e era impossível dormir imaginando o que acontecia do lado de fora. Aquelas coisas choravam por algum motivo específico: fosse de dor ou de raiva.

O cheiro de algumas velas recém-apagadas dominava o ambiente, e ouvia-se roncos e sussurros.

— Ainda estão acordados? — perguntou Ethel.

— Sim — responderam Spencer e Dante.

Dante não esboçava nenhuma expressão.

— Venham comigo, tenho uma coisa para mostrar. Levantem com cautela — sussurrou Ethel.

Eles a seguiram, fazendo esforço para não esbarrar em ninguém. Juntos, subiram uma escadaria. O som foi se esvaindo conforme seguiam. Cansados por causa dos degraus intermináveis, encontraram um flat no terraço do prédio.

O flat estava a céu aberto, pois parte da estrutura que o cobria fora destruída. Spencer caminhou com cuidado para não cair na piscina enorme que havia ali. *Se o ar deixou as pessoas daquele jeito, imagine a água*, pensou.

CAPÍTULO DOZE
REVELAÇÃO

Os olhos de Spencer brilharam ao ver as luzes em tons de verde e azul que iluminavam todo o ambiente. Elas se movimentavam de forma sincronizada, como cortinas em neon. Mesmo diante de tanta dor e destruição, aquele balé de luzes os encantou. A aurora boreal refletia na piscina, no topo do edifício e nos vidros que restavam de alguns arranha-céus.

Os dois, Spencer e Dante, ficaram surpresos ao ver a destruição de um ângulo diferente. Dali, via-se a luz própria de algumas plantas: era uma espécie de fluorescência que brilhava durante a noite.

— Meus Deus! — Spencer exclamou, sem conter o brilho em seus olhos.

Dava para observar um navio atracado longe dali; sua estrutura estava destroçada, e os restos dos escombros se espalhavam pela rua. Os carros pairavam nas ruelas, adormecidos na água e na vegetação. Prédios se tornaram viveiros de vegetação, tombados um sobre o outro.

Mais uma vez, tentaram entender como as coisas aconteceram, a imaginação fluindo para todas as justificativas possíveis, mas não conseguiram chegar a uma resposta plausível.

Seguiram rumo à canaleta de proteção e avistaram a silhueta de uma mulher, cujo cabelo loiro e ondulado flutuava para o lado direito, guiados pelo vento.

— É deslumbrante, não é mesmo? Como a natureza pode ser linda e ao mesmo tempo destrutiva? Isso é tudo culpa nossa, seres humanos — disse ela, sem interesse em olhar para algo em específico, atenta apenas ao prédio à sua frente. Spencer, Dante e Ethel a observavam enquanto proferia aquelas palavras profundas. — Me desculpem, sou Beatrice. Eu trabalhava para E. D. D. A. V. — Ela esperou uma resposta, mas ninguém disse nada. — Já ouviram falar?

Spencer e Dante se limitaram a balançar a cabeça, negando.

— A cientista vai explicar tudo para vocês... Ela sabe o que aconteceu — comentou Ethel — mais do que qualquer outra pessoa.

Após alguns segundos de silêncio, Beatrice pegou uma flor fluorescente e a girou na mão. Observando-a, continuou com sua voz perene e calma:

— De início, era para ser apenas um estudo com alguns testes, é claro. Isso por causa da extinção em massa das fontes naturais, animais e biodiversidade do planeta. Tudo se extinguia, então o estudo era para fins de restauração do que foi perdido no planeta Terra. O centro de Estudo e Desenvolvimento do Desdobramento e Acelerador Vegetal decidiu usar a radiação solar para o aumento da força do acelerador vegetal, uma máquina que sugava energia solar e a transformava em uma espécie de radiação pura, cuja função era acelerar o crescimento herbívoro e animal de forma jamais vista antes. Existiam alguns efeitos colaterais não desejados, que foram observados em roedores.

"A radiação acelerava o crescimento exorbitante da região do hipotálamo neural, fazendo-os ir à loucura e sentirem muita dor. Percebemos que estávamos estimulando uma confusão severa, pois todas as variáveis eram aniquiladas com traumatismo cranioencefálico. Entendemos, por meio de estudos, que somente um tipo sanguíneo poderia sobreviver ou ser imune aos efeitos da radiação: O negativo. Pessoas com esse tipo sanguíneo não sofrem alterações radiativas diretas, mas podem ser infectadas por contato.

"De início, iríamos reverter esse fator e fazer a radiação não contaminar o genótipo humano, porém, devido aos efeitos negativos, ela poderia ser usada em isolamento, somente dentro de nossos laboratórios de contenção. Mesmo que a radiação pura fosse convertida para não existir efeitos colaterais agressivos, o envelhecimento acelerado dos humanos seria alterado. A partícula conseguia acelerar o tempo também, porém, houve um acidente: uma explosão solar emitiu uma onda enorme para nossa central, fazendo-a entrar em colapso. O computador conteve a radiação, mas o reator foi superaquecido, liberando uma onda de energia semelhante, mas não tão devastadora como uma bomba nuclear.

"O acidente fez a radiação ser liberada por toda a atmosfera terrestre, e a pressão gerou uma onda de calor que engoliu cidades inteiras. Após isso, os animais não imunes e algumas espécies de insetos sofreram o efeito nocivo da radiação excessiva. Houve algumas mudanças genéticas lindas, mas também assustadoras. A vegetação engoliu tudo à nossa volta, e agora ela é a espécie dominadora do planeta. Para os sobreviventes, o tempo passa mais depressa do que o comum, e o estado de envelhecimento é contínuo por causa do contato com a radiação do ar. Esse acelerador biológico modificou o tempo. Estimo que já tenham se passado três anos."

— Você quer dizer que estamos três anos mais velhos e que isso aconteceu em dois dias? — perguntou Dante, em um tom sério.

— Sim — respondeu Beatrice.

— Isso não é possível. Veja, estou da mesma forma — retrucou Spencer.

— Minha querida, você já se olhou no espelho hoje? Desde quando não vê seu reflexo? Sei que é difícil de aceitar, mas olhe à sua volta. Algo te surpreende? — retrucou Beatrice. A brisa fria sacudia o cabelo deles, e o som distante das criaturas ecoava entre os prédios. As ruas estavam tomadas por degenerados. — Olhem pra eles. Vejam o que nos tornamos. A inteligência nos levou à burrice. Um retrocesso de algo conquistado e perdido. Ethel, fiquei feliz em tê-la de volta.

— Obrigada. Encontrei a frequência do rádio que está vindo das montanhas Khoínge's. Existe um lugar seguro para os sobreviventes — comentou Ethel, animada.

— Pode não existir mais, talvez todos já estejam mortos — ponderou Beatrice de forma fria, olhando para a árvore que engolira um dos prédios.

— Beatrice, nossos suprimentos já estão acabando. Em alguns dias, sofreremos uma escassez severa.

Saindo de uma sombra acima deles, algo gigante os assustou com seu bater de asas transparentes. Através das asas enormes, coloridas em um tom azul e roxo fluorescentes, dava-se para ver o efeito de aurora boreal artificial criado pelas plantas espalhadas ao redor. Pouco à frente, a criatura grudou as patas no edifício, mas, como estava escorregadio, desequilibrou-se e acabou quebrando os últimos vidros que restavam. Batendo as asas, conseguiu se segurar.

— Que coisa linda! — exclamou Dante.

— Aquilo é bizarro — retrucou Spencer, apavorada. — Não tenho o menor interesse em saber o que faz.

— É uma borboleta — emendou Ethel.

— Na verdade, é uma mariposa; são noturnas. Há várias delas espalhadas pela cidade.

Beatrice continuava olhando em uma só direção.

— Vamos voltar para o grupo. Amanhã será um longo dia — disse Ethel. — Você vem conosco, Beatrice?

— Não, irei depois — respondeu friamente, olhando para o oceano no horizonte, atrás da cidade, onde a luz da lua refletia nas águas.

O trio voltou para o grupo. Deitaram-se, com exceção de Spencer, que foi ao banheiro. Encostada na porta, ela respirou fundo. Pelo canto do olho, notou um espelho no canto do recinto. Sentiu medo do que poderia ver, mas mesmo assim deu alguns passos na direção do objeto reluzente. Ao encarar seu reflexo, deu um passo para trás, assustada. Spencer tocou sua pele delicadamente, desenhando linhas imaginárias sobre a face, sem entender como aquilo era possível. Não havia mudado tanto, mas alguns traços fizeram com que uma lágrima escorresse de seus olhos, seguindo por sua face e terminando no queixo. Seus olhos indicavam sofrimento.

— Eu prometi... Que tipo de mãe não cumpre a promessa feita a uma filha? — sussurrou, olhando-se no espelho, sentindo ódio de si mesma. — É como estar em um pesadelo, a diferença é que não posso acordar.

Pareceu que havia envelhecido alguns anos, talvez uma década. A teoria da cientista, que dera três anos de envelhecimento para todos, estava equivocada.

Ethel estava na porta, com o cigarro na boca, olhando para Spencer. Ela se afastou do batente, deu alguns passos e ficou ao lado da ruiva.

— Sei que é difícil, mas você vai se acostumar — disse ela, tocando o próprio rosto.

— Como se acostumar com algo que não faz nenhum sentido?

— Eu não era nada além de uma drogada, uma viciada em sexo e bebidas. Não tinha onde morar nem alguém com quem pudesse contar. Via as pessoas à minha volta vivendo a merda daquelas vidas e ficava imaginando quando que a minha vez chegaria. Hoje, percebo que nunca poderei ter aquilo tudo, pois perdi meus pais muito nova. Além disso, me perdi dentro de mim — finalizou, levando o cigarro à boca e soltando a fumaça.

Ela esfregou a ponta acesa na pia, confirmou se estava apagado e o colocou atrás da orelha.

Após ouvi-la, Spencer percebeu que mais alguém ali sentia muita dor e, tentando amenizá-la, abraçou Ethel, que aconchegou a cabeça em seu ombro, apertando-a. Havia muito tempo que não abraçava alguém, e aquilo a fez se sentir confortável.

— Vamos, precisamos descansar um pouco. O dia foi uma loucura — disse Ethel.

Elas retornaram ao dormitório, e Spencer viu que Dante também estava acordado. Ficaram assim por um tempo, mas, aos poucos, relaxaram e acabaram caindo em um sono profundo.

CAPÍTULO TREZE
UMA PASSAGEM INUSITADA

Na manhã seguinte, acordaram assustados e com frio. Gemidos e gritarias eram ouvidos, e o ambiente estava tomado pela água, que entrava pela fresta da porta, gerando uma grande turbulência. Em minutos, o lugar ficaria embaixo d'água.

— O mar está entrando na cidade novamente. Precisamos ir para um local seguro — gritou Beatrice, nas escadarias. — Subam todos.

Naquele grupo, a cientista era responsável por analisar tudo do topo do edifício, alertando os demais em caso de perigo iminente. Todos correram em direção à escadaria para não serem engolidos pela água que adentrava aquele lugar de forma rápida.

— Não vai dar tempo, temos de sair daqui. Se a água não baixar, ficaremos presos no topo e não conseguiremos descer novamente. Venham comigo! — gritou George, dirigindo-se a Spencer, Dante e Ethel.

A água entrava pelo local e já estava na altura do quadril. Havia folhas, garrafas e roupas boiando. Ethel correu até a bancada e pegou seu rádio preto enquanto Spencer e Dante pegavam as coisas que haviam deixado ali. Eles seguiram George até a porta, que não parava de cuspir água pelas frestas. Dante e George forçaram para abri-la, mas o fluxo era intenso e, em uma chicoteada violenta, a água os jogou para trás. Mais uma vez, forçaram-se contra a pressão da água e, depois de um tempo, conseguiram vencer a batalha. Encharcados, os quatro saíram.

O corredor lá embaixo, que antes contava com uma corrente de água até a altura da canela, estava submerso. A caixa de lixo boiava, havia corpos por todos os lados e a água estava quase alcançando o topo da escadaria, que dava passagem para dentro do recinto.

— Espero que todos saibam nadar — disse George.

Eles assentiram.

Durante a saída desesperada, nadaram entre corpos. O medo os dominou quando perceberam que aquelas pessoas poderiam atacá-los, que alguém ali embaixo poderia estar vivo, esperando para agarrá-los. Pior, poderia haver outras criaturas à espreita para um ataque mortal. Após emergirem, do lado de fora, Dante comentou:

— Me sinto em uma panela de legumes.

— Acho que perdi meu último cigarro — falou Ethel, colocando a mão na orelha.

O grupo olhou indiferente para ela, estranhando aquele comentário frente à situação em que estavam. De qualquer modo, continuaram nadando, mas então algo grande os surpreendeu. Espantados, ficaram inertes, apenas as pernas batiam a fim de manterem ao menos a cabeça do lado de fora da água. Aquela coisa se aproximou lentamente. Ela emitia um som diferente, rangente e metálico, que ecoava pelas ruas isoladas. O monstro arrastava os carros enferrujados e os destroços à sua frente, esbarrando na lateral de alguns prédios, movendo-se de forma incansável pela avenida principal, parte de seu corpo submerso. O grupo segurava em qualquer coisa que viam para a onda de destroços não os atingir.

O famoso transatlântico branco, *Atlantic Adventure,* invadiu a cidade, vagando entre os prédios de forma misteriosa; era tão alto que alcançava o quarto andar de um dos edifícios.

– Que loucura é essa? – perguntou Spencer, arregalando os olhos.

– *Isso* é como começamos o dia – respondeu Dante.

O navio passava lentamente por eles quando um estrondo os fez olhar para cima. Do prédio do cassino, pessoas pulavam das janelas, chocavam-se contra o transatlântico, deixando borrões vermelhos na lateral, e, em seguida, caíam na água. A tentativa de sobreviver claramente não os fazia pensar muito sobre o que poderia acontecer. Viram uma mulher pulando e caindo em cima do navio. Perceberam quando ela comemorou seu feito: estava a bordo daquele imenso transatlântico branco.

A mulher olhou para baixo, mas logo desapareceu da visão do grupo. Todos ficaram espantados com seu ato egoísta, mas suspiraram aliviados quando ela reapareceu na borda do navio e jogou uma corda grossa; trançada com um gancho amarelo de metal na extremidade, tratava-se de um apetrecho naval, que agora repousava na lateral da embarcação.

– Subam depressa! – gritou a mulher.

– Não tem outra ideia melhor? Pode ser perigoso – berrou Ethel por conta do som que o navio emitia.

– Eu não vejo outra escolha – respondeu George no mesmo tom.

Spencer segurou na corda e iniciou a subida, mas escorregou e caiu. Dante deu um empurrão para facilitar. Spencer fazia força, apoiando os pés sobre o casco do navio. A palma de sua mão ardia com o atrito da corda, obrigando-a a diminuir o ritmo cada vez mais. Ela achou que poderia não conseguir chegar no final, pois o navio era muito alto, e a subida, muito cansativa.

Spencer começou a gritar de dor, e Dante também. Os postes de luz que não haviam caído com a onda anterior se chocavam próximos a eles.

Ao chegar no topo, os dois puxaram a corda, facilitando a subida de Ethel e George até o convés. Mesmo sem saberem, o grupo de sobreviventes compartilhava a sensação de que não era certo estar ali. Os quatro olharam à volta e perceberam a devastação com mais intensidade do que antes: corpos em todas as direções do navio, a água da piscina tomada pelo lodo e ferrugem por todos os lados. Lá embaixo, nas ruas, mais mortos.

— Se afastem da lateral, é perigoso — alertou Dante.

O navio esbarrava nas laterais de alguns edifícios, contribuindo para a destruição, as placas de vidro das vidraças que restavam caíam sobre o navio, fazendo o grupo se desviar para que não fossem atingidos.

— Vamos nos dividir. Cobriremos um espaço maior. Dante, você vai para os deques. Spencer, você fica na central de comandos. Ethel e eu ficaremos na proa para sinalizar qualquer perigo iminente — disse George.

Spencer não gostava da ideia de se separar do grupo, preferiria ficar na proa, pois sabia que era mais seguro. Mesmo com tudo aquilo acontecendo, tudo que queria era ficar longe daquelas criaturas; melhor que enfrentasse o oceano ou até mesmo a chuva de vidros. Tudo aquilo a deixou traumatizada.

Evitando fazer barulho, andou lentamente pelo corredor longo e escuro a estibordo para ter acesso à ponte de comando. Chegando à sala do capitão, viu um imenso painel com variados botões, alavancas e computadores. Uma janela oval dava vista para a frente do navio. Spencer, ali dentro, conseguia observar a destruição por um ângulo diferente.

Ela pensou em como as coisas chegaram àquilo. Queria aproveitar mais o marido e os filhos. Pensando nisso, entristeceu-se ao lembrar que havia levado a família para aquele fim. Uma onda de dor a dominou novamente, porém não poderia desistir, por isso se recompôs.

Ocorreu-lhe a possibilidade de aproveitar a oportunidade para encontrar algo que, naquele mundo devastado, pudesse ser útil. Ela olhou em todos os cantos e encontrou um pé de cabra vermelho ao lado de um extintor de incêndio, fixado na parede, próximo a uma caixa de energia.

— Deve servir.

Spencer analisou a ferramenta, que poderia ser útil como uma excelente arma branca, e continuou a procura. Depois de um tempo, avistou um caderno de capa azul; abriu-o e viu que se tratava de um diário.

DIÁRIO DO CAPITÃO STEVENS

Nunca havia visto uma calmaria no oceano como vi hoje. A luz da lua iluminou as frestas das nuvens. Ouvimos, daqui da ponte, a música vinda do salão principal. A distância, avistei algo não muito comum. Algo no céu esparramou as nuvens com um sopro assustador. Todos os vidros e copos quebraram com o estrondo que aquele som fez. O silêncio dominou este navio. Depois, veio o choro. Escondo-me deles o tempo todo, mas sei que em algum momento serei encontrado. Se alguém achar isto, fuja enquanto há tempo. A pedido de um capitão, fuja. Deixo minha despedida; pelo mar naveguei em vida e pelo mar deixarei a vida.

Capitão Stevens Phillep

Aquela carta tocou Spencer, fazendo-a se lembrar do sufoco pelo qual havia passado no túnel. Ela engoliu em seco e ficou alerta. Assustou-se com o rádio que apitava no painel de controle pouco à frente. Apertou um botão vermelho que piscava de forma insistente e ouviu uma nova transmissão; era uma voz masculina.

— Estamos nas montanhas Khoínge's. Se consegue nos ouvir é porque é um dos sobreviventes, então venha até nós. A radiação não atingiu todos e não chegou até aqui em cima. Ainda resta esperança.

Spencer ficou paralisada por alguns segundos, então sentiu uma pontada de esperança. Mesmo sabendo que era impossível, sua mente criava a possibilidade de encontrar seus filhos.

Nos corredores internos do navio, Dante sentia o ecoar dos passos em um acústico assustador. A parte interna da embarcação estava um breu, e Dante só conseguia enxergar graças à lanterna que havia atado à arma com fita adesiva para facilitar a sua busca. Além disso, não poderia se dar ao luxo de desperdiçar a munição, pois tinha apenas três balas na agulha. Os corredores estavam com marcas vermelhas nas paredes; as portas das cabines, abertas; a rouparia e as taças, espalhadas por toda parte.

Dante sentia a respiração pesada, esforçando-se para aguentar o odor fétido de carne podre e mofo. Caminhava lentamente, ignorando a vontade de recuar e abortar aquela missão. Sentia seu corpo estremecer, sem saber o que o aguardava à sua frente.

Ouvia o som de sapatos em contato com a madeira. Entrou nas cabines à procura de sobreviventes, comida ou qualquer coisa que fosse útil. Ouvia, através das paredes e corredores, aquele choro distante e abafado. Ao fazer a curva no fim de um dos corredores, viu um homem parado de costas, bloqueando seu caminho. Seu coração estava quase saindo pela boca. Ele pensou em recuar, porém poderia ser algum sobrevivente. Sendo assim, engatilhou a arma e mirou o homem.

— Olá. Está tudo bem com você? — Sem resposta, deslizou o dedo até o gatilho. — Consegue me entender? — Dessa vez, aumentou o tom de voz, mas novamente ficou sem resposta.

Algo rangeu a alguns metros, fazendo-o olhar para trás. Uma mulher veio em sua direção e o jogou contra a parede. Com o susto, Dante soltou um disparo. A criatura jogava a cabeça de Dante contra a parede, segurando seu rosto e o arranhando. Um dos quadros suspensos caiu atrás dele, estilhaçando-se pelo chão. Com a aproximação, conseguiu olhar nos olhos raivosos daquela mulher.

Levou seus dedos aos olhos dela e os afundou ali; sentiu o globo ocular estourar em seus dedos e o sangue escorrer pelo seu braço.

Instintivamente veio à mente se aquele corpo habitava ainda uma alma esperando para ser libertada. Aquilo não era um zumbi, como nos filmes que vira, era um humano domado pela loucura e irracionalidade. O seu semblante de dor e angústia era assustador. Dante engatilhou novamente a arma e atirou no peito, fazendo-a cair para trás.

O homem, que estava do outro lado, soltou um grito, e um novo pranto começou a ecoar da direção em que a mulher viera. Ao ver Dante, o homem correu em sua direção, e mais criaturas vieram pelo corredor. Recuando, Dante entrou por uma porta que dava acesso a uma das cabines e se trancou por dentro, ciente de que a porta não suportaria por muito tempo. Ele olhou à sua volta, procurando algo que pudesse usar contra aquela horda. Não obtendo sucesso, contentou-se em puxar a cama e o armário para servir como barricada.

No quarto, havia uma escotilha redonda, mas servia apenas como passagem de ar e luz. O desespero chegou ao auge quando tomou consciência de que as balas não seriam suficientes para todas aquelas coisas. O suor escorria pela testa. Considerando o barulho que vinha da porta, a barricada não duraria muito tempo.

Ethel sabia que aquele era o momento ideal para estar ao lado de quem mais a ajudara. George sempre estivera com ela. Era um grande amigo, e Ethel sabia que podia confiar nele.

— Mesmo depois de tudo o que aconteceu, isso aqui se torna bastante interessante. Quem diria, a gente em um transatlântico desses — falou Ethel, na proa.

— Faltou somente a música de Celine Dion como trilha sonora para o nosso Titanic — brincou George, conseguindo provocar uma gargalhada em Ethel.

— Sim, pena que estamos em um mundo assustador.

Ela olhou para o lado e observou o nível da água na metade dos edifícios.

Com um estrondo, o navio se chocou contra parte de um prédio, o que gerou um dano na lateral esquerda da embarcação; todos a bordo perderam o equilíbrio. Ethel caiu dentro da piscina; Spencer, sobre o painel de comando; e Dante, no chão de madeira. Alguns novos estilhaços de vidro voltaram a cair dos prédios por cima do navio, e por pouco não atingiram Ethel e George.

O navio afundaria em breve, era questão de horas ou minutos para que fizesse parte daquela cidade submersa. A segurança daquele grupo se tornava cada vez mais instável, até que sentiram o navio se inclinar para o lado esquerdo.

Enquanto olhava pela pequena janela circular e via os carros submersos, Dante sentiu seus pés e pernas molhando e notou que a água entrava no dormitório de forma agressiva. Virou-se, e algo o fez paralisar: um espelho trincado na parede. Tinha certeza de que via seu pai no reflexo, mesmo com tudo escuro. Com a ajuda da lanterna, viu sua versão mais velha como jamais imaginou. Sua aparência sofrera uma grande mudança, e, por causa de todo aquele caos, não conseguira notar antes. Passou os dedos sobre as ranhuras do espelho e retirou uma parte dele, colocando-o em sua bolsa.

Dante se assustou ao voltar para a realidade, e só então percebeu que a água já cobria metade do espelho à sua frente. Ele olhou em volta à procura de uma ideia e, acima do sanitário, viu um exaustor, o que lhe deu um pouco de esperança. O volume da água crescia rapidamente, e ele precisou nadar para não ficar submerso.

O pânico aumentou ao pensar que poderia não ter saída, que poderia morrer afogado. Sua respiração estava ofegante, e a frequência de seus batimentos cardíacos aumentou. Ele não queria morrer naquele lugar, mas se sentia incapaz de realizar qualquer movimento devido ao espaço claustrofóbico.

Com dificuldade, Dante se agarrou à grade protetora do exaustor e a puxou, mas ela nem se mexeu. Tornou a fazer força, mas não adiantava, a água subia cada vez mais, aumentando o desespero. Estava perdendo a força, os cortes em seus dedos prejudicando sua concentração, mas sabia que não podia desistir.

Em um lampejo de fúria, puxou a grade, que se rompeu e o fez cair para trás, ficando submerso pela água salgada. Assim que se recuperou, foi em direção aos túbulos acima de sua cabeça. Impulsionado pela pressão, foi arremessado para o corredor de cima, caindo no chão. Dante se permitiu respirar, contudo viu a água se aproximando. Ele se levantou e passou a correr pelos corredores, com a água em seu encalço. Quando olhou para frente, viu Spencer vindo em sua direção, empunhando o pé de cabra vermelho.

– Volte! Volte! – gritava Dante.

Spencer abriu a boca e arregalou os olhos diante da onda de corpos e água que vinha atrás dele. Dante chegou até ela e a puxou pelo braço a fim de levá-la para longe daquele lugar. Ambos se apoiaram nas paredes devido à grande inclinação do navio para o lado direito. Os quadros caíam no chão molhado, os lustres e algumas taças de vidro se estilhaçavam no chão. O navio rangia assombrosamente, respondendo à invasão do mar.

– Aqui, foi por onde eu entrei – falou Spencer.

À direita, encontraram uma escadaria, mas ela dava acesso a um corredor sem saída.

– Acho que por aqui não saímos – falou Dante.

— Venha, ali tem uma janela quebrada.

Juntos, chegaram à proa do navio. Várias cadeiras de sol deslizaram diante deles. Spencer e Dante viram George ajudando Ethel a sair de dentro da piscina.

— O que houve? — perguntou Dante.

— O navio sofreu um dano na lateral, pois se chocou contra um edifício. Temos de sair daqui antes que ele nos leve para baixo — explicou George.

Ethel torcia a roupa, e seu cabelo estava encharcado.

— Vi na lateral alguns botes amarelos. Podemos sair por eles — disse Ethel, apontando na direção elevada do navio.

O mar continuava adentrando no imenso transatlântico; era questão de minutos para a proa estar submersa. Ethel olhou para a piscina e viu a água escoando para fora, levando consigo alguns corpos. Eles seguiram em direção aos botes amarelos, soltaram as cordas de suspensão e entraram. Com força de vontade, remaram para longe do navio. Já longe dali, viram-no sucumbir à pressão e submergir.

CAPÍTULO QUATORZE
O SINAL

O grupo remava lentamente sobre a cidade submersa. Àquela altura, a água já cobria o topo dos edifícios mais altos. Ethel aproveitou e pegou uma grande flor branca que crescia no terraço de um edifício e colocou na ponta do pequeno bote.

— Por que pegou essa flor? — perguntou George, tocando-a com cautela.

— Vocês verão.

Todos ficaram curiosos com o mistério que Ethel havia criado por causa daquela flor branca.

Ethel tinha uma visão pura das coisas. Por mais turbulenta que sua vida tivesse se tornado, não deixaria que aquilo a abalasse. Era protetora e radiante com todos à sua volta e conseguia, na maioria das vezes, atrair olhares por onde passava.

Ao se distanciarem, olharam para trás e pensaram na cidade, em sua história, e nas pessoas que trabalhavam, estudavam... viviam ali. Eles lutaram por um futuro que não existiria mais, por um mundo sem expectativas. Tudo que almejavam havia se perdido.

O grupo abandonou a expectativa de uma vida melhor, pois estavam em choque. Eles olharam para o oceano, que se expandia pelo horizonte, e viram o pico das montanhas, o único lugar próximo que ainda não estava submerso.

— Estou me sentindo na arca de Noé — Dante falou. — Sinto que a história tornou a se repetir, como naquelas histórias assustadoras sobre a verdade por trás dos contos de fadas. Talvez, no passado, tenha sido dessa forma, mas não restou ninguém para detalhar tudo. Seremos nós as pessoas que irão recomeçar o planeta? — perguntou Dante, deslizando os dedos na água.

— Quem quer que tenha nos escolhido, cometeu um erro — bufou Ethel, arqueando as sobrancelhas.

A natureza havia invertido os papéis: antes o homem a destruía para construir seus palacetes sobre florestas e bosques, agora a natureza havia destruído tudo para construir a sua própria e nova moradia.

A cidade se afastou e os prédios sumiram no horizonte. De qualquer forma, remariam por um dia até chegarem às montanhas, se chegassem, porque havia o risco de desidratação. Além disso, aquele mundo novo escondia mistérios ainda desconhecidos.

— Continuem remando. Se alguém cansar, pare para repor a energia enquanto os outros continuam. Precisamos chegar lá o quanto antes — disse George.

Spencer observou o céu; sentia que havia muito tempo que não olhava para o alto. Ela viu o sol sendo engolido pelo oceano, deixando tudo à sua volta dourado como uma gota de tinta em uma bacia d'água. Uma mancha escura em movimento no céu se aproximava do grupo.

— O que é aquilo? — perguntou Dante, apontando para o alto.

— Parecem pássaros — falou Spencer, olhando na direção apontada.

— Sim, mas são pássaros gigantes. Eles sofreram um aumento contínuo com o efeito da radiação, assim como as outras espécies que sobreviveram. Não é lindo?

Os olhos de Ethel brilhavam ao observar o bater de asas fluorescentes.

— Devemos nos preocupar? — perguntou Spencer.

— Não. Mesmo com o aumento exacerbado, ainda continuam com medo daquilo que mais os assustam. Nós somos o câncer deste planeta, a grande ameaça — disse George, encarando as criaturas.

— Um morcego tem medo da claridade do mesmo modo que alguns humanos têm do escuro — comentou Ethel. — O desconhecido assusta.

— É a cena mais linda que já vi em toda minha vida — disse Dante, encantado. Ele se lembrou de algo. — Esperem! Vejam isto.

Ansioso, ele retirou algo de sua bolsa. A luz do sol refletiu no pedaço de espelho nas mãos de Dante e jogou um flash de luz no rosto de Ethel.

— Ei, cara. Vire isso para lá — resmungou Ethel, colocando a mão sobre o rosto para impedir que os raios solares a cegassem temporariamente.

Dante virou o estilhaço e se olhou no reflexo com um sorriso, mas este logo se desfez, pois estava bem mais velho do que imaginava, aparentando estar já com trinta anos. Ele olhou vagamente para si, como se fosse uma frágil estátua de gelo.

— Posso me ver? — pediu George.

Ao ver seu reflexo, ele também ficou decepcionado. Ethel fez o mesmo, assim como Spencer, que deslizou os dedos em seu cabelo ruivo com alguns fios grisalhos.

— Quanto tempo deve ter passado? — perguntou Ethel, com um olhar que indicava medo.

— Quanto tempo jogado fora! — retrucou Spencer.

— Como não percebemos? — questionou Dante.

— Será que tem uma maneira de voltarmos a ser como éramos antes? — perguntou Spencer.

— Pouco provável — respondeu George.

— Então, em poucos dias morreremos... de velhice? — sugeriu Dante.

— Segundo a pesquisadora, o estado de envelhecimento celular para os imunes à radiação é contínuo. Não sofremos com o câncer, mas morremos de causas naturais em menos tempo — esclareceu Ethel, deslizando os dedos pela pele do rosto.

— Como ganhar na loteria e morrer no dia seguinte — bufou Dante.

— Existe uma possível solução, mas a cientista era a única que a compreendia — comentou George. — Ela me contou que o centro de pesquisa da matéria poderia reverter a radiação com a chamada "radiação pura", mas não deve ter sobrado nada para reativá-la.

— Onde ficava esse centro de pesquisa? — perguntou Spencer.

— Nas montanhas Khoínge's, e é para lá que estamos indo. Lá teremos mais alguma informação, ou não... — finalizou George.

O silêncio voltou, ouvia-se apenas o som da água de encontro aos remos. Ao anoitecer, todos se surpreenderam com a flor fixada ao bote, que brilhava e iluminava a pequena embarcação à escuridão do oceano. Sua cor era exuberante.

— Parece um vaga-lume que não pisca, que ideia brilhante, literalmente — disse Dante, sorrindo.

Todos estavam encantados com o feito de Ethel.

Spencer se lembrou do momento durante a viagem no qual queria que aqueles acontecimentos junto à sua família se tornassem eternos, mas diante daquela situação percebeu que o tempo chamado de "agora" era um momento único, que nunca poderia se repetir, não com as mesmas pessoas, nem no mesmo dia, ou com as mesmas ideias, e caberia a cada um guardá-lo como uma lembrança ou soltá-lo aos ventos.

A lua iluminava as águas calmas, cobrindo-as como um manto. Aquilo facilitava e aumentava o campo de visão. Spencer e Ethel se aconchegaram e dormiram enquanto Dante e George remavam lentamente sobre as águas do oceano.

— O que você fazia antes disso tudo acontecer? — perguntou Dante.

— Eu era barman — respondeu George, ofegante. — Enchia os copos daquelas pessoas vazias. Aquele era meu trabalho todas as noites. Quando me sentia vazio, olhava para elas se destruindo pouco a pouco. Eram idiotas, pois estavam estragando a vida com algo inútil, mas sabe de uma coisa? Pelo menos eles viviam; eu perdia tempo os servindo. Hoje... se eu soubesse que tudo isso aconteceria, teria estado no lugar deles. E você, Dante?

Após um tempo em silêncio, olhando para o horizonte, Dante respirou fundo e passou a falar:

— Minha mãe desenvolveu um câncer, estava no final da faculdade quando ela piorou. Na minha formatura, a visitei no hospital para que me visse vestido como ela sempre sonhou. Estava intubada e acordou para me ver daquela forma. Lembro-me da lágrima que escorreu pela sua bochecha. Ela se recuperou; foi quando, doze dias atrás, fui avisado de uma proposta de emprego em um hospital com foco em oncologia. Um dia após o convite, ela teve uma recaída e faleceu. Vim aqui para fazer aquilo que não consegui fazer por ela, para me tornar menos insignificante diante daquilo, mas o destino não me deixou começar.

George o observou por alguns segundos e voltou os olhos ao horizonte. Ouvia-se o som da água de encontro aos remos e batidas lentas nas laterais do bote. Um som tranquilizante que os fazia relaxar depois de um dia como aquele.

— Mudaria tudo? Caso soubesse que tudo isso aconteceria? — indagou George.

— Não. Acredito que tudo acontece como deve acontecer; devemos nos dedicar a fazer a coisa certa no agora para não nos arrepender depois que tudo estiver indo por água abaixo.

— Sabe, Dante, gostei de você. Eu gostaria de beber com você quando tudo isso acabar.

Dante soltou uma risada.

— Vamos aproveitar sem pensar no amanhã.

— Você paga a primeira rodada — brincou George.

— Vou pensar no seu caso.

A brisa leve do anoitecer soprava. Spencer continuava dormindo ao lado de Ethel. O céu estava recheado de estrelas reluzentes e cintilantes. Devido à falta de luz, o céu escuro realçava as constelações sobre suas cabeças.

— Há quanto tempo não víamos um céu como esse? A vida corrida nos faz esquecer a beleza das coisas mais simples do universo — disse Dante, olhando para cima.

— É muito lindo. Somos tão pequenos e o tudo é muito grande. Olhar para o céu me faz lembrar da época em que minha irmã tinha dez anos e eu mostrava as constelações e explicava a ela assuntos de astronomia — retrucou George.

— O que aconteceu com ela?

— Não consegui contato depois de tudo. Pode estar viva por aí ou não.

— Sinto muito — disse Dante, dando pequenos tapas no ombro de George.

— O que você é da Spencer?

— Um amigo apenas. Nos conhecemos durante o início disso tudo, e desde então ela esteve ao meu lado. É uma grande guerreira e lutou muito, perdeu toda a sua família durante esses acontecimentos.

— Achei que eram namorados ou algo assim — comentou George.

— Não — falou Dante, fitando Spencer, que dormia em posição fetal.

— E você? — perguntou Dante.

— O quê?

— O que tem entre você e Ethel?

— Somos irmãos; não de sangue, mas com a mesma intensidade. Eu a ajudei com o serviço no bar, e, desde então, ela esteve comigo.

— Engraçado como conhecemos pessoas interessantes em situações estranhas — ponderou Dante. — E parece que nos conhecemos há anos, não é?

— Pois é, mas sei que estou navegando em um oceano com um desconhecido — emendou George.

O silêncio voltou a reinar, ouvia-se somente a calmaria do oceano abaixo deles.

CAPÍTULO QUINZE
O SOM DO PARAÍSO

O bote começou a entrar em uma fenda entre as montanhas. O dia já estava se iniciando. Foi quando Spencer finalmente acordou.

— Achei que tudo tinha sido um pesadelo — comentou, bocejando.

O dia estava claro, os raios do sol refletiam na água, e Spencer notou que estavam boiando à deriva. Ninguém controlava os remos, e o bote seguia na direção de um lago no meio das montanhas. O grupo havia dormido por causa do cansaço, e o bote navegara até aquele lugar encantador, destacando-se naquela imensidão pura e calma. A destruição, por algum motivo, não havia chegado ali.

Ali, a água assumia um tom de azul intenso, como se todas as microalgas do universo tivessem se acumulado naquele lugar isolado entre as montanhas. Spencer pegou sua câmera fotográfica, mas se lembrou que havia danificado a lente na luta pela sobrevivência.

— O que pensa fazer com essas fotos? — perguntou Ethel, levantando-se.

George e Dante acordaram e também ficaram maravilhados.

— Antes foi para o Prêmio Pulitzer, mas agora é para eu saber que, mesmo diante do fim do mundo, não devemos perder nossa essência — respondeu, girando a lente da câmera à procura de resolução.

De repente, um som bastante delicado se fez ouvir, fazendo o grupo ficar desconfiado. Poderia ser uma emboscada.

— É uma música? — perguntou Spencer.

— Não é possível — disse Dante, levantando-se no bote, observando entre as montanhas.

— Ou estamos delirando, ou é mesmo uma música — falou George.

— Eu ouvia muito essa música antes disso tudo acontecer — comentou Ethel.

— Sabe o nome? — perguntou Dante.

— "To build a home", do The Cinematic Orchestra. Reconheceria em qualquer lugar.

A música ecoava entre as montanhas em uma trilha sonora jamais ouvida, e todos observavam em pé, com os olhos rasos d'água.

— Um momento de paz nesse caos — Dante refletiu, tentando se equilibrar.

— Um verdadeiro paraíso — George acrescentou, colocando a mão sobre a testa, vedando o sol que ofuscava seus olhos.

— Pode ser uma emboscada. Fiquem atentos — ponderou Ethel, semicerrando os olhos para tentar ver melhor.

A música continuou, e o barco flutuou pelas águas azuis e calmas entre as montanhas com picos altos e longínquos.

— Essa música faz eu me lembrar da minha cachorrinha Suzy. Sinto tanta falta dela... Foi levada pela primeira onda. Era minha companhia no alojamento em que morava. Como estava no cassino, tudo aconteceu muito rápido e não deu tempo de fazer muita coisa – comentou Ethel.

– Sinto muito – Spencer lamentou.

Longe dali, eles avistaram uma praia discreta; as águas nas quais navegavam pareciam terminar na margem de um lago. Lá, viram um píer que dava acesso a uma pequena casa de madeira, com o teto todo coberto por lodo. O bote se aproximou do lugar, guiado pelas pequenas ondas, e todos concluíram que parecia se tratar de um lugar abandonado. George subiu na passarela de madeira coberta pela água e puxou o restante do grupo consigo. Amarraram o bote para não o perder.

Um casal de abelhas operárias de tamanho descomunal sobrevoava ali. Ouvia-se o bater de asas, que causavam grandes vibrações sobre a superfície daquele imenso lago, como uma dança guiada pela música angelical. Sentiam-se minúsculos diante daqueles seres que antes foram tão pequeninos e, para muitos, insignificantes.

– A grande evolução... Estamos vivendo a mudança dela e somos parte de um ciclo que está acabando. – Os olhos de Spencer marejavam enquanto soltava aquela mensagem avassaladora.

– São lindas... É tudo muito lindo, como se estivéssemos na porta do paraíso. Quero chorar, mas não sei se é de felicidade ou dor por todos aqueles que se foram para a evolução acontecer – retrucou Ethel, completando a frase anterior de Spencer.

– Foi tudo programado... Estávamos programados para morrermos, finalizando com sucesso o ciclo humano – concluiu Dante.

Sem aviso, um ruído fez todos se virarem.

— Quem são vocês? — Uma pessoa dentro de uma roupa de contenção nuclear apontava uma arma para o grupo. — Qual o tipo sanguíneo de vocês?

— O negativo — responderam ao mesmo tempo.

— Venham comigo — disse, virando-se e os chamando com um movimento de mão.

O grupo sentiu uma pontada de esperança, pois haviam passado por momentos difíceis, e a ideia de serem protegidos por outras pessoas era acalentadora. Juntos, seguiram o homem, mantendo certa distância. Em uma trilha entre a floresta, alguns insetos grandes passavam pelo grupo, deixando-os assustados. A subida era íngreme, e estavam esgotados, mas persistiram por todo o caminho, que se mostrou mais longo do que o esperado. Quando acharam que não aguentariam mais, chegando até uma grande rocha e viram que, de fato, era impossível prosseguir, mesmo que estivessem em melhor estado. Então o homem se virou e os observou por alguns segundos. Era possível ouvir a respiração pesada dele por baixo do traje, mas também estava cansado.

O grupo recuou, percebendo, de súbito, que aquele homem armado poderia acabar com eles ali mesmo, mas, antes de continuarem com as teorias aterrorizantes, uma escada feita de cordas foi jogada, formando uma escadaria rumo à parte de cima do paredão rochoso.

— Vamos. Estão esperando vocês. — Ao notar a hesitação, acrescentou: — Aconselho que venham, senão serão a refeição para esses bichos famintos.

— Quem está nos esperando? — perguntou Dante.

— Agora não é hora para perguntas.

Sem encontrar outra opção, o grupo subiu a escada atrás do homem de traje verde. A subida foi mais longa e perigosa do que esperavam; durante todo o percurso, nenhum deles ousou olhar para baixo. Ao chegarem no topo, agradeceram mentalmente por terem conseguido.

— Bem-vindos ao acampamento Iglu. Aproveitem a paisagem — disse uma mulher coberta por tatuagens, recepcionando-os.

Assim que saíram do transe, pois o lugar era tão bonito que os deixara paralisados, a mulher os colocou em uma tirolesa; do outro lado, um homem os esperava nas colinas, pronto para ajudar cada pessoa a chegar ao topo da montanha. A região ia ficando cada vez mais fria conforme aumentava a altitude. A vista era incrível: a água do mar que entrava naquele lugar formava o lago em "U", e era possível observá-lo com mais detalhes lá de cima. Ao chegarem, uma placa de madeira dizia: "Acampamento Iglu". E, quando olharam naquela direção, ficaram de queixo caído.

Havia um acampamento com muitas pessoas: adultos, crianças, jovens e idosos. Todos olharam para eles, bateram palmas e vieram observá-los de perto.

— Pelo visto viramos ídolos — disse Ethel.

— É um modo de dizer que estão felizes com a chegada de novos sobreviventes. — O homem tirou a máscara e se apresentou: — Sou Kalay. Desculpem pela recepção fria lá embaixo, mas isso é necessário. Lá a radiação é alta e, sem essa roupa de contenção, o processo de envelhecimento seria mais rápido que o normal.

Ele os apresentou a todo o acampamento.

— Que homem é esse? — perguntou Ethel, admirada com Kalay.

— Não perde a oportunidade, Ethel? — brincou George.

— Este era um acampamento de escoteiros, mas o usamos para sobreviver em meio à destruição em massa. Estamos seguros aqui; aquelas coisas não conseguem chegar até nós, e, mesmo que cheguem ao pé da montanha, não conseguem escalar tão alto. É seguro, mesmo que alguns animais modificados apareçam às vezes. — A música ficou mais alta. — O som da música chama a atenção deles para a parte de baixo, desse modo acabam nem tentando chegar até aqui, pois mudamos a posição do som com frequência.

— Boa ideia — elogiou Ethel.

Ali perto, um grupo treinava golpes de luta. Havia pequenas casas de madeira e barracas de tecido, usadas em acampamentos, por toda parte. Uma cadeira de rodas estava parada na varanda de uma das casas, e o cheiro de incenso dominava o lugar.

— Nossa anciã acredita que o incenso ajuda a espantar os maus espíritos. Nos tempos de hoje, devemos considerar toda e qualquer forma de ajuda, não é?

— De fato... — concordou Dante.

O grupo foi conduzido à cozinha improvisada e almoçou junto com aquelas pessoas que, apesar da perda dos familiares, sorriam e davam gargalhadas. Eles se entreolharam, contentes, pois sabiam que estavam em segurança, como se tivessem encontrado uma nova família. A comida era enlatada, mas parecia a melhor do mundo.

— Qualquer carne, assim como a maioria das frutas e hortaliças, armazenam uma alta taxa de radiação, por isso evitamos esses alimentos. Tivemos a sorte de achar este acampamento com um grande estoque de comida enlatada — explicou Kalay.

Após o almoço, Kalay e uma mulher de cabelos loiros, com uma trança lateral, aproximaram-se do grupo, que observava o horizonte entre os picos das montanhas.

— Esta é Juliet — apresentou a moça alta para o grupo com um cigarro na mão, soprando a fumaça, que se desfez no ar. — Lindo, não é mesmo?

Ethel fechou os olhos, capturando o cheiro da fumaça com intensidade.

— Por favor, me arrume um cigarro, estou chegando à loucura.

Kalay retirou do bolso um maço e entregou para Ethel.

— Pode ficar com este. Tenho outros. — Ethel correu em sua direção e o abraçou, fazendo-o arregalar os olhos, pois foi pego de surpresa. — Bom... Como se chamam?

George fez as apresentações:

— Sou George, e estes são Dante, Ethel e Spencer.

O homem tirou o cigarro dos lábios.

— Qual o nome da última mesmo? — perguntou, encarando Juliet, que também parecia espantada.

— Spencer. Por quê? — perguntou George, sem entender a surpresa.

O cigarro caiu da mão de Kalay. Juliet saiu correndo rumo à casa de madeira.

— Fiz algo que não deveria? — perguntou Spencer.

— Não, mas acho que alguém deseja muito te ver — respondeu Kalay.

Foi então que as pessoas daquele acampamento foram na direção de Spencer e, quando todos chegaram, começaram a cochichar entre si. Ao longe, uma música se fez ouvir, fazendo com que as criaturas próximas a eles se afastassem. “Saturn”, de Sleeping At Last, se espalhava pelo ambiente. Uma fenda entre o grupo se abriu, então viram alguém vindo em sua direção.

Spencer soltou a mochila no chão, olhando fixamente para a frente.

— O que foi, Spencer? Está tudo bem? — perguntou Dante, tentando entender a expressão de seu rosto.

Spencer não conseguiu responder; seus olhos se encheram de lágrimas. O sol refletia uma gota que escorria pela sua bochecha, e o cabelo deslizava sobre o rosto por causa da brisa. Dante olhou na mesma direção e se surpreendeu. Uma jovem, que no lugar de um dos braços contava com um curativo recente, vinha na direção de Spencer lentamente, claramente ainda se recuperando do grave ferimento. E, mesmo que estivesse tão diferente, tinha um olho âmbar e o outro azul-marinho. Spencer a reconheceria a qualquer distância. Mesmo com aparência adulta, aquela seria sempre a sua Margô.

Spencer caiu de joelhos e a filha veio em sua direção, jogando-se ao seu lado, abraçando-a.

— Como pode estar viva? — Soluçou de felicidade, segurando o rosto da filha. — Meus olhinhos: âmbar, com a força de um leão, e azul, com o mistério de um lobo.

Margô chorava e soluçava junto com a mãe. O choro de alívio se misturava com a melodia triste ao fundo, embalada pelo som de um violino e um violoncelo.

— Mamãe, você me encontrou...

— Uma mãe nunca perde a esperança de encontrar uma filha, mesmo quando tudo parece tirar nossa fé. Fiz uma promessa, prometi que não a deixaria, não foi?

— Sim... Eles mandam mensagens de rádio para a cidade, e outras pessoas vêm até aqui. Fiquei tão feliz quando um grupo chegou, mas não era você.

Spencer deslizou os dedos sobre o rosto amadurecido da filha. Ela não a vira crescer, nem se formar, nem apresentar o seu primeiro namorado. Aquilo doía mas ela se conteve em saber que a filha estava viva e que poderiam viver juntas por mais alguns anos. Abraçaram-se novamente, e todos aplaudiram e se emocionaram com aquela bela cena. As folhas das árvores caíam sobre eles, como se o vento quisesse ajudar a embelezar aquele momento, que tinha como cenário um horizonte de montanhas e um lago azul.

— Venham, vamos explicar tudo — falou Kalay.

Spencer levantou Margô.

— Seu braço...

— Eu sei... — choramingou a menina.

Todos seguiram Kalay, na direção de um galpão improvisado, e se sentaram para ouvir a história.

CAPÍTULO DEZESSEIS
O OUTRO LADO DO ESPELHO

Sobre as montanhas do Sul, Margô via sua mãe lutando contra aquela criatura do lado de fora do veículo. O som assustador das ferragens rangendo a fazia se arrepiar; sentia muito medo e não tinha forças para ajudar. Por um instante, colocou a mão na cabeça e apertou os olhos na tentativa de fugir daquela realidade e acordar daquele pesadelo terrível.

Quando a água começou a entrar no veículo, viu seu irmão caído sobre o vidro frontal. Sua mãe se aproximou da janela, mas acabou sendo atingida por aquela coisa. Margô tentava puxar o irmão, mas a qualquer movimento, ainda que sutil, o carro descia mais. As portas estavam travadas, e nada fazia com que o vidro descesse, impossibilitando qualquer tentativa de sair dali.

O carro escorregou mais um pouco, deslizou pela barranceira e parou quando ficou preso em um tronco de árvore. Margô já não via sua mãe. Houve um novo estalo e o veículo desceu mais um pouco, fazendo com que a janela de seu lado se chocasse contra uma árvore e quebrasse. Margô se encolheu para fugir dos estilhaços e, quando viu o vidro quebrado, encontrou a esperança de sair dali.

Rapidamente, passou pelo buraco da janela, sem se importar com os cacos que ainda restavam na lateral, que rasgaram sua pele.

Caiu sobre a lama macia, que havia se formado com a chuva. Olhando para o veículo, viu seu irmão gritando por ajuda. Margô colocou o braço dentro do carro e estendeu a mão para tentar alcançar Alex. Os dedos dela quase o encontraram, mas, após um estalo, o carro se desprendeu das árvores e desabou de uma vez, de modo que seu irmão foi levado pelas águas agressivas.

Margô soltou um grito, dominada pela dor que sentia; o carro, ao despencar, machucara gravemente o seu braço. Ainda era uma criança, mas tinha consciência de que aquela cena poderia segui-la por toda a vida. Sem saber o que fazer ou ter a quem recorrer, segurou firme em um galho para não cair lá embaixo. Depois de um tempo, percebeu que não poderia subir sozinha. Gritou por ajuda, mas ninguém apareceu. Horas foram preciso para que sua mente infante decidisse que teria de descer. Aos poucos, foi deslizando pela barranceira, esforçando-se para manter um ritmo lento. Em certo ponto, tudo pareceu mais difícil: o terreno parecia mais íngreme, a água a alcançava e se chocava contra seu corpo com pressão, o cansaço e a dor sugavam suas forças. Foi então que Margô sentiu seus dedos se soltarem das raízes nas quais se segurava, um por um.

Ela caiu na correnteza, que estava mais forte que o habitual para aquele rio. Seu corpo se chocava contra as pedras pontiagudas, rasgando a pele como navalhas. Conforme as pedras a atingiam, ela rodopiava por baixo da água. Tentava nadar para a borda, mas a correnteza a puxava para baixo. A menina engolia a água sem querer e sentia-se cada vez mais fraca. Não conseguiria aguentar por mais tempo, aquele provavelmente seria o seu fim.

Quando emergiu a cabeça, em uma das muitas tentativas, viu um homem correndo pela margem, acompanhando-a. Ele falava algumas coisas, mas Margô não conseguia compreender. Acelerando o passo, ele a ultrapassou até ganhar certa distância, então, equilibrando-se no meio de algumas pedras, esticou-se e esperou por ela. Margô se esforçou como pôde para se aproximar dele, mas foi engolida pela inconsciência antes que tivesse êxito. Mesmo assim, quando a correnteza a levou em direção àquelas pedras, o homem a segurou e a puxou pelo cabelo. Ele efetuou a massagem cardíaca na esperança de que ela se recuperasse. Continuou com aquele movimento por alguns minutos, mas não obteve resultado. Com receio de perdê-la, deu-lhe um soco na região do peito e, enfim, a água saiu pela boca e a respiração sufocada retornou, seguida de tosse severa. Só então o homem notou os cortes no corpo dela.

— Você está bem, garota?

Os olhos dela piscaram lentamente. Sentia-se sonolenta, mas conseguiu falar, apesar da voz fragilizada:

— Onde eles estão? — perguntou, trêmula.

— Eles quem? — perguntou o homem, sem entender, mas imaginando que poderia ser um delírio. — Venha comigo. Tenho de te levar para um lugar seguro — disse, erguendo-a com cautela. — Me chamo Kalay, e você?

— Margô.

— Venha comigo, Margô, vamos procurar um lugar seguro.

Ela percebeu que havia um corte profundo em seu braço, que sangrava de forma intensa. Kalay tirou a capa de chuva amarela, rasgou a camisa de algodão e, com a tira de tecido, fez um torniquete. Depois, cobriu a criança com a capa para protegê-la e esquentá-la até chegarem a um lugar seguro.

Kalay seguiu seus planos de chegar até a montanha Khoínge's; sabia que ali havia um acampamento, além de ser o local mais alto do qual se lembrava. Devagar, seguiu seu caminho. Durante ele, em alguns momentos, a criança perdia a consciência; estava fraca e precisava de ajuda imediatamente, antes que fosse tarde demais. Kalay a pegou no colo, carregando-a pelo resto do caminho. Muitas vezes, precisou puxá-la para conseguir chegar aos lugares mais íngremes. Sem outra opção, às vezes tinha de arrastar a criança pela lama. Já questionava a possibilidade de sobrevivência da pequena, mas se via incapaz de fazer qualquer coisa a não ser o que já estava fazendo; torcia para encontrar ajuda médica ao alcançar seu destino. Apesar de ser um militar, não podia fazer mais nada.

A floresta de pinheiros era fria, e a neblina atrapalhava o campo de visão. Kalay não tinha certeza se estava indo na direção correta, mas o importante era chegar ao topo da montanha, onde, se estivesse certo, conseguiria encontrar outros sobreviventes. Sabia que aquele acampamento seria seguro; seu treinamento em combate lhe dizia isso. Por sorte, ele estava certo, e Margô fora forte o suficiente para resistir ao caminho, embora o corte profundo em seu braço tenha infeccionado; a única opção, ali naquele acampamento com poucos recursos médicos, foi amputá-lo.

Spencer ouviu toda a história narrada por Kalay, e palavra alguma foi suficiente para expressar a gratidão de uma mãe ao se encontrar com o salvador de sua filha.

— Maldito acidente! — exclamou Spencer, ciente de que, se não fosse pela batida, Alex poderia estar vivo, e Margô não teria passado por tudo aquilo, perdido um braço... Já seu marido, a que tudo indicava, nunca tivera chance; seu tipo sanguíneo não permitira isso.

Alguns militares e representantes da E. D. D. A. V. também foram para as montanhas para continuar os estudos e os testes a fim de reverter os efeitos da radiação.

— Onde está seu irmão? — perguntou Spencer de repente para a filha.

Margô apontou o dedo para um cemitério improvisado que ficava alguns metros adiante.

— O carro caiu com ele dentro...

Spencer fixou seu olhar no cemitério, e Kalay, entendendo a situação, disse:

— Não o enterramos. Margô queria fazer algo, uma homenagem. Este lugar se tornou o lar daqueles que se foram também.

— Como Margô envelheceu tão rápido aqui nas montanhas, longe da radiação? — perguntou George.

— Ela foi contaminada no percurso. Além disso, o ferimento do braço pode ter acelerado a contaminação. Percebemos isto: os feridos são contaminados de forma mais agressiva.

Uma mulher de jaleco se aproximou, acrescentando:

— O braço de Margô teve de ser amputado e cauterizado. Ela ainda está fraca, mas se recuperando impressionantemente bem. Aproveitamos para estudar seu caso para entender melhor o efeito na radiação em pessoas como nós, com o mesmo tipo sanguíneo.

— E quem é você? — perguntou Spencer. — Você retirou o braço da minha filha para fazer um estudo?

— Sou Dakota, criadora do sistema que criou tudo isso — falou, olhando para o chão, como estivesse envergonhada de seus atos passados. — Sei mais do que qualquer pessoa sobre os efeitos nocivos dessa radiação.

— Sua desgraçada! — gritou Spencer, indo em direção à cientista, mas foi contida pelo seu grupo. — Como você pôde? Além de amputar o braço da minha filha, ainda destruiu toda a humanidade por causa de uma pesquisa.

— Margô já chegou com o braço em péssimas condições. Não amputá-lo colocaria sua vida em risco. E não destruí a humanidade, apenas a recomecei. A humanidade se destruiu sozinha; o acidente só finalizou o processo. Existe uma nova central perto daqui. Os estudos por lá continuam para tentar reverter a situação. Soltamos um novo raio de radiação em uma das tentativas, mas não saiu como planejávamos.

— Será que foi por isso que apareceu aquele segundo tsunâmi? — perguntou George.

O radiotransmissor pendurado na calça da cientista fez um ruído, e ela deu as costas ao grupo sem se importar em responder. Dakota entrou em uma cabana de madeira e fechou a porta enquanto todos a seguiam com os olhos.

— Vocês acreditam nela? — perguntou Ethel.

— Não temos opção. Devemos ficar aqui, pois estamos seguros. Se existe alguém que possa nos ajudar, são eles. Essas pobres pessoas não têm para onde ir. Aqui se tornou o lar deles – Kalay disse.

Um jovem de porte médio se aproximou e disse:

– Venham comigo, temos um dormitório para vocês. Precisam descansar um pouco.

O jovem, que aparentava ter pouco mais de vinte anos, guiou-os até o alojamento feito de madeira. O grupo aproveitou o momento para descansar. Após algumas horas, acordaram revigorados e saíram da cabana. Spencer não parava de abraçar a filha.

– Nunca mais me afastarei de você – dizia, enchendo-a de carinho.

– Onde está o papai? – perguntou Margô.

Spencer balançou a cabeça de um lado para o outro, engoliu em seco e baixou os olhos.

– Se tornou uma daquelas coisas lá fora, mas tenho certeza de que sua alma está em algum lugar bonito, vendo nosso reencontro.

– Junto a Alex... Amanhã, podemos fazer uma homenagem ao papai também?

Spencer sentia orgulho das palavras que saíam da boca de sua filha; já havia superado a perda do irmão. Não era mais uma criança inocente e indefesa. E aquilo, apesar de cruel, parecia ser bom, pois a menina estaria mais preparada para o violento mundo no qual estavam vivendo.

– Podemos.

– Vamos encontrar os outros na fogueira.

CAPÍTULO DEZESSETE
O BRILHO DOS VAGA-LUMES

Dante, Ethel e George, que estavam ao redor da fogueira junto com os outros, sorriram quando Spencer se aproximou com a filha. Cerca de trinta e cinco pessoas observavam o fogo e apreciavam o silêncio. O lugar era espaçoso, e uma pedra pontiaguda ao fundo embelezava aquele momento. As pequenas fagulhas de fogo subiam enquanto a música abaixo das colinas ecoava ao som de "Don't worry be happy", na voz de Bob Marley. Todos balançavam a cabeça ao ritmo da melodia. – Quando toca uma música, ainda que por pouco tempo, precisamos aproveitar. É sempre um momento relaxante e único, não acham? Já estamos acostumados com o som, vocês também vão se acostumar – disse um homem com chapéu de caubói e uma bebida destilada na mão.

– Como conseguem... – iniciou Spencer.

– Gerador. O acampamento já tinha um.

As pessoas bebericavam de seus copos ao redor da fogueira, que os aquecia do frio das montanhas, fazendo-as esquecer momentaneamente o mundo que existia lá embaixo.

Spencer retirou da sua cintura a arma que havia pegado de Dante e entregou a ele.

— Obrigada, não vou precisar mais — disse, sorrindo.

— Pode ficar com ela, é toda sua — Dante assegurou.

— Não vou precisar usá-la, será mais útil com você — finalizou Spencer.

Dante assentiu e guardou a arma na cintura.

— Este seria o momento certo para você pagar a primeira rodada; sorte a sua que é de graça — disse George, levantando o copo enquanto encarava Dante. — Um brinde a nós!

— A nós! Que este seja o nosso recomeço — retrucou Dante, brindando com Ethel.

Ethel, ao lado de Dante, aproximou-se de seu ouvido e sussurrou:

— George gosta de você, mas não diga que eu falei.

Dante ficou corado e sem reação diante do comentário; no fundo, sentia algo bom com relação àquela informação. Em seguida, olhou para George, que retribuiu o gesto.

— Você acredita na E. D. D. A. V.? — perguntou George a Dante, cortando um possível clima.

— Nem um pouco — respondeu Dante, olhando fixamente para a fogueira. — Tem algo nessa história que não querem nos contar. Muita coisa não está batendo. Essa vida perfeita que levam aqui, com todo o caos lá embaixo, chega a ser bizarro. Mas, se for isso mesmo, iremos descobrir.

— Com certeza — respondeu Ethel, olhando para a fogueira.

Os olhos de Ethel brilhavam com o fogo à sua frente. Se os outros pudessem vê-los, notariam que aquele olhar transmitia certa agressividade, um sentimento de vingança.

Mas, da posição que estavam, viam apenas seus lábios curvados em um sorriso discreto.

— Aquela mulher, a criadora do programa... ela não está aqui — comentou Spencer, passando os olhos em cada pessoa em torno da fogueira.

— Vamos ver se ela está na cabana — sugeriu Ethel.

O grupo saiu sutilmente para não chamar atenção e foi até a área do dormitório. Na cabana de Dakota, havia uma pequena fresta entre duas das tábuas de madeira, de modo que podiam ouvir o que acontecia lá dentro. Spencer encostou o ouvido e escutou a mulher falar com alguém pelo rádio.

— O grupo veio até nós. Qual é o próximo passo? — Ela ficou um tempo muda, provavelmente ouvindo a resposta, que chegava apenas no *headphone* em seus ouvidos. Após um tempo, voltou a falar: — Certo, tomarei as medidas cabíveis. Já estou indo.

Dakota desligou o aparelho, colocou-o no bolso, foi até uma escrivaninha e pegou uma maleta prateada. Abriu a porta e saiu. O grupo se escondeu ao lado da casa rapidamente. A mulher olhou para a fogueira e, com cautela para que ninguém a notasse, entrou na floresta.

— Não podemos ir todos juntos, vai chamar muita atenção. Spencer, fique com sua filha. Se não voltarmos depois de uma hora, você manda ajuda — comandou Dante.

— Tudo bem, mas tomem cuidado — sussurrou Spencer, demonstrando nervosismo na voz.

— Esperem. Vou pegar a minha escopeta, pode ser útil. — E, dizendo isso, Dante correu para pegar a arma.

— E eu meu cigarro, com certeza precisarei dele — retrucou Ethel, mordendo os lábios.

O grupo entrou na floresta e foi na direção da cientista. A lua estava clara, o que ajudava na visibilidade. Algumas espécies de plantas iluminavam áreas específicas com sua fluorescência. A mulher passava por uma trilha entre as montanhas, mas algo a fez parar.

— Silêncio. Ela deve ter ouvido a gente — sussurrou Ethel.

Eles se esconderam atrás de uma rocha. George e Dante olharam para trás, desconfiados de que algo pudesse atacá-los pelas costas. O grupo, apreensivo, começou a ouvir passos; foi então que algo saiu de dentro da floresta na direção de Dakota. Era um homem. Ele apareceu entre as árvores e pegou a maleta da cientista.

— Noah, já chega de utilizar roedores — falou Dakota.

— São os últimos sobreviventes — disse o homem. — Acho que é o suficiente.

O grupo se entreolhou.

— Do que estão falando? — perguntou Dante, mas ficou sem resposta quando os dois voltaram a falar.

— Não tem outra maneira de fazer os testes? — Ela fez uma pausa. — Eles não vão aceitar.

— Eles não terão tempo para isso. Temos um plano para amanhã de manhã — finalizou o homem.

O grupo se assustou. A melhor escolha seria sair dali o mais rápido possível. A intuição deles estava correta o tempo inteiro. Os três recuaram, mas um galho se quebrou sob os pés de George, liberando um estalo que ecoou entre as árvores.

— Quem está aí? — gritou Noah.

— Merda! Vamos dar o fora daqui — disse Dante. O grupo correu pela floresta. Mais à frente, Ethel tropeçou em uma raiz e caiu. Dante a ajudou a se levantar. O desespero aumentava cada vez mais. – É tudo falso! Como pudemos acreditar neles? Estava bom demais para ser verdade.

O grupo correu pela floresta repleta de vaga-lumes, que serviam como distração. A névoa densa e fria encobria as raízes, fazendo-os tropeçar diversas vezes. De repente, perceberam que já haviam passado inúmeras vezes por uma flor verde fluorescente. Estavam perdidos, andando em círculos, e não sabiam como chegar novamente ao acampamento.

Ouviram vozes de comando e luzes de lanternas a distância; sabiam que estavam atrás deles, e não eram poucas pessoas. Pelo pouco que ouviam, dava para notar que tinham treinamento militar. Apesar de estarem armados, os três não teriam chance nenhuma contra eles. Ficaram parados por bastante tempo, optando por esperar as coisas esfriarem.

– Será que Spencer avisou os outros? Já se passou bastante tempo – comentou Ethel.

– Talvez tenha avisado – falou Dante.

– O jeito é continuar procurando a saída – George comentou.

Eles permaneceram caminhando pela floresta de pinheiros à procura do acampamento. Ouviam apenas o som da natureza: corujas, grilos e a brisa nas folhas das árvores. Estavam andando quando, à frente, avistaram uma clareira. Uma instalação gigante e redonda, como uma cúpula interligada a várias outras, iluminava o lugar. Enormes muros a protegiam do perigo.

– Como entraremos aí? – perguntou Ethel.

– Sempre tem uma forma – respondeu George.

Quatro caminhonetes pretas, em fileira, aproximavam-se de grandes portões metálicos. O motorista da frente abaixou o vidro, colocou o braço para fora e digitou uma senha em um painel. Devagar, o portão se abriu.

— Vamos! É nossa única chance — falou Dante.

O grupo correu e se escondeu nas sombras de uma caminhonete. Quando a última passou, eles já estavam lá dentro, mas agora precisariam se preocupar também com o segurança que estava ali.

— E agora? Alguém tem um plano? — perguntou Ethel, assustada.

— Eu tenho uma ideia — avisou Dante, e cochichou no ouvindo da amiga.

Ethel saiu por trás do veículo e foi na direção do segurança, gritando.

— Socorro, preciso de ajuda! Chame Dakota!

O soldado corpulento, que usava uma máscara de oxigênio, aproximou-se, apontando a arma para ela.

— Identifique-se! — gritou o homem.

— Um minuto... Deve estar em meu bolso — disse Ethel, tremendo muito.

Antes que o segurança percebesse, Dante deu uma coronhada com a escopeta na cabeça dele, fazendo-o desmaiar e cair por cima de Ethel.

— Por que não atirou nele? — ela perguntou.

— Isso não estava previsto — disse George, rindo e tirando o homem de cima dela.

Dante pegou a arma da mão do guarda e jogou a escopeta sem munição no chão.

— Alguém sabe atirar? — perguntou Dante.

— Eu treinei tiros quando... — falou Ethel.

Dante puxou da cintura a arma que Spencer havia lhe entregado e passou para a mão de Ethel.

— Não temos tempo agora, mas, quando tudo isso acabar, quero saber dessa história. Vamos! — disse Dante.

Ethel arregalou os olhos; havia muito tempo que não pegava em uma arma, mas aquele não era o momento para pensar em suas habilidades. Suas vidas estavam em jogo. Mesmo com medo, sentia a raiva dominá-la.

George pegou o cartão do segurança, escondeu-o atrás de um veículo e vestiu sua roupa, que se encaixou perfeitamente em seu corpo. Após ser acionada pelo cartão, a porta se abriu, e um brilho os fez semicerrar os olhos. Quando se adaptaram à claridade, já estavam dentro da cúpula.

CAPÍTULO DEZOITO

UM SONHO CRIOGÊNICO

Spencer sabia que o tempo limite chegara e sentia medo ao pensar que seus amigos estavam em perigo. Tinha de avisar alguém antes que fosse tarde demais. Poderiam não acreditar, mas não havia outra escolha. Deixou Margô dormindo e foi em busca de ajuda.

Uma névoa dominava todo o acampamento. Spencer procurou por toda parte, mas não ouviu a voz de ninguém, somente o crepitar distante da fogueira. Sentiu-se tonta... Algo estava errado, pois ela se sentia em um limbo. Então, tudo escureceu.

De repente, Spencer acordou, mas não com o chilrear dos pássaros, e sim com o seu despertador. Ela piscou, com seu coração a mil. Sentia-se aconchegada, mas algo não fazia sentido. Piscou novamente e olhou à sua volta: estava em sua cama. Mike não estava ao seu lado. Levantou-se na defensiva e observou o porta-retrato ao lado da cama. Sua família sorria ao lado de uma árvore de Natal; lembrava-se daquele momento. Todos sorriam, como se algo ruim não estivesse prestes a chegar.

Será que tudo foi um sonho?

Spencer olhou pela janela e viu que a neve do lado de fora pintara tudo de branco. E o mais importante: não havia destruição. Andou pelo corredor lentamente, vestindo uma camisola rosa-clara. Seu marido estava sentado à mesa, lendo o jornal.

— Oi... — falou Spencer, ainda na defensiva.

— Olá — Mike respondeu, sem olhar para ela.

— Onde estão as crianças? — perguntou, olhando para os lados com uma sensação estranha.

Mike não respondeu. Em vez disso, uma mulher de idade entrou pela porta repentinamente.

— Vamos, vocês estão atrasados. Spencer, vá se trocar e venha.

Sem entender nada, ela foi para o quarto, vestiu qualquer coisa e voltou à sala. Mike cochichava algo no ouvido daquela mulher, que era alta e forte; seu rosto delicado parecia familiar.

Spencer estava confusa, sem entender o que acontecia. A possibilidade de ter sonhado tudo aquilo soava absurda, mas seu foco estava em seus filhos. Queria vê-los o quanto antes; se Alex aparecesse à sua frente, sentia que estava disposta a se entregar àquela ilusão.

— Aonde iremos? — perguntou Spencer, fazendo os dois olharem para ela de forma estranha.

— Você saberá em breve — falou Mike, com um olhar sério.

Ela saiu de casa atrás deles. Olhou ao redor e sacudiu a cabeça. Sim, aquilo tudo não passara de um pesadelo, pois sua rua estava como se lembrava. Quando Mike olhou para ela, sentiu-se assustada, pois o sonho, no qual ele a atacara, fora muito real. Mesmo assim, entrou no carro conforme o indicado.

— Não vamos até as montanhas, não é? Não tive um sonho bom... — disse Spencer, tentando alertá-los.

Mike e a mulher se olharam de forma misteriosa, como se algo os estivesse incomodando.

— Spencer, já está na hora de aceitar a realidade. Todo dia acorda falando a mesma ladainha. E isso é muito doloroso para nós, que já aceitamos.

— O que você está querendo dizer? — perguntou.

Mike parou o carro de forma brusca, virou-se para trás e gritou:

— Aceite! Seus filhos, *nossos* filhos, estão mortos.

Spencer foi tomada pelo desânimo, depois pelo desespero; o pesadelo não havia acabado. Mike saiu do carro, abriu a porta de trás e puxou a esposa pelo braço. Por causa da neve, sentiram novamente o frio. Mike a puxou para longe do veículo e a soltou no chão. Spencer caiu de joelhos e viu algo que a fez entrar em desespero. Estava diante dos túmulos de Margô, Alex e Mike.

— O quê...?

Spencer olhou na direção do marido, mas não havia mais ninguém ali, apenas a brisa, que jogava seus cabelos ruivos para o lado. Não sabia o que era mais intenso, o desespero ou a dor no peito. De súbito, Spencer passou a ouvir gritos.

Abriu os olhos novamente, dessa vez de verdade. Estava dentro de uma cápsula cheia de água, respirando por um tubo por onde entrava o ar. O desespero a invadiu, mais forte do que nunca. Viu as mechas de seu cabelo ruivo deslizando pelo rosto e bolhas de oxigênio passando diante de seus olhos.

Do lado de fora, seus amigos gritavam. Aquilo era asfixiante. Mesmo com os tubos de oxigênio, sentia-se sem ar.

CAPÍTULO DEZENOVE
A TENTATIVA POUCO PERFEITA

Nas extremidades, a cápsula de hibernação era feita de um material semelhante a inox e tinha alguns detalhes em vidro, por onde se conseguia observar a amostra com detalhes. Diante de cada cápsula, existia um painel com um teclado e vários comandos para controle das variáveis. As cápsulas estavam enfileiradas e, dentro delas, uma luz azul de LED iluminava o que havia dentro. Do lado de fora, uma tira de neon laranja clareava o ambiente, evidenciando cada detalhe. Gás de resfriamento dominava o lugar.

Escondido, o grupo estava boquiaberto.

— Todos que ficaram no acampamento foram capturados e trazidos para os testes — concluiu Dante.

— Temos de fazer uma grande arruaça. Isto aqui precisa virar um caos — disse George, com raiva. Os três conseguiram roubar as roupas dos funcionários e chegaram ao núcleo da imensa instalação. Rapidamente, chegaram à cápsula de Spencer, mas não sabiam o que fazer diante daquele painel. George chamava por sua amiga, mas ela não conseguia ouvir nada que acontecia do lado de fora; apenas via, o que a deixava mais desesperada.

Havia um botão vermelho com a palavra "ejeção". O medo tomou conta deles, pois não sabiam qual botão, ou combinação deles, deveria ser acionado para tirar Spencer dali. Contudo, eles não tinham muito tempo para pensar naquilo.

— A esta altura, a E. D. D. A. V. já deve ter encontrado os corpos dos funcionários escondidos — comentou Dante.

O grupo se entreolhou, e George apertou o botão. Um som de pneu esvaziando preencheu o ambiente, e o líquido da capsula foi sumindo. Spencer batia as mãos no vidro, com receio de ficar sem ar. Após o total esvaziamento da cápsula, a tampa se levantou de forma automática. Eles a ajudaram; ela tossia, sem fôlego. Spencer olhou à sua volta. Aquela névoa no acampamento era algum tipo de gás sonífero. Se antes desconfiava daquela empresa, agora a odiava

— Onde está Margô e Ethel? — perguntou Spencer.

— Ethel seguiu pela entrada de ar na tentativa de ir até a sala de arquivos. Precisamos saber o que está acontecendo aqui, ou nunca poderemos nos defender — disse Dante.

— Espero que esteja bem — George falou. — Sua filha deve estar em uma dessas cápsulas também.

O grupo saiu apertando o botão de ejetar de todas as cápsulas. Após um barulho da sirene, toda a instalação passou a ser iluminada por uma luz vermelha, que piscava. O som de alarme ecoou de forma assustadora. Todos acordaram, e a multidão fez barulho. Apenas uma cápsula continuou fechada; era enorme e feita de metal, de forma que não era possível o que havia lá dentro. Também não havia nenhum painel com o botão vermelho para abri-la.

— Causem o terror. Destruam tudo que estiver ao alcance de vocês — instruiu Dante.

Spencer foi até a filha e a abraçou com força. Já estava cansada de perdê-la; já não bastava a dor que sentia, sabia que teria de lidar com pesadelos pelo resto da vida. Preferiu não pensar na possibilidade de traumas na filha naquele momento.

— Temos de sair daqui.

No meio de todo aquele alvoroço, uma voz feminina computadorizada repetia a frase: "Perigo. Alerta de invasão. Alerta de invasão". As pessoas, orientadas por Dante, não só tentavam sair, mas destruíam tudo ao seu redor pelo caminho. O som do motim ecoava por todas as direções.

— Isso vai retardar aqueles desgraçados — disse Dante, vendo as cápsulas espalhadas no chão, formando obstáculos.

O grupo saiu pelos corredores. O som de tiros ecoava, e alguns lugares estavam em chamas. Os sobreviventes corriam sem rumo à procura da saída. Ethel saiu de uma sala cuja placa dizia: "Painel de controle", e foi rumo a eles, correndo.

— Eles liberaram a radiação na atmosfera através desta central. Não foi uma explosão, não foi um acidente, foi um genocídio! Se destruirmos o painel de controle, poderemos conter o processo de criação da nova radiação e ficaremos livres. Tudo que existe é...

Uma explosão parou a explicação, fazendo toda a estrutura tremer.

— Temos de dar o fora daqui — disse George.

Dante se aproximou de um painel enorme, que parecia ser bastante importante, e disparou diversos tiros na máquina. Não queria saber de nada, somente destruir tudo que via pela sua frente. O painel soltava faíscas, então surgiram chamas, que rapidamente dominaram o lugar.

Os sobreviventes corriam de um lado para outro. Ao invadirem uma pequena sala, saíram de lá carregando armas.

Foi então que a voz mecanizada anunciou o caos:

PERIGO.
ALERTA DE INVASÃO, ALERTA DE INVASÃO
CENTRAL COMPROMETIDA.

AUTODESTRUIÇÃO EM
5 MINUTOS

Enquanto a contagem regressiva se iniciava e as luzes vermelhas estavam acesas, uma fumaça se aproximou.

— O que é aquilo? — perguntou Dante.

— Não confie! São uns covardes! Em vez de nos enfrentar, soltaram essa fumaça sedativa. Usaram isso em nós no acampamento – avisou Spencer, tampando o nariz e a boca e vendo Margô fazer o mesmo.

– Tem máscaras na sala das armas – alguém gritou.

Em segundos, todos contavam com máscaras, focados em encontrar a saída daquele lugar. No meio da corrida, algo os deteve. Dakota, que estava parada no meio do caminho, sacou a arma e apontou na direção deles.

– Acham mesmo que vão destruir tudo pelo que lutei minha vida inteira? Acham mesmo que vão sair assim, sem se despedir de mim? Que indelicado – disse, com um sorriso enviesado.

– Você acha mesmo que vai se dar bem? – perguntou Spencer, raivosa.

Sua verdadeira vontade era agarrar aquela mulher pelo pescoço, mas se conteve.

– Já consegui tudo que eu queria. Não percebeu?

Spencer sentia nojo daquela mulher.

Outra explosão fez a instalação tremer. Sem esperar por aquilo, Dakota perdeu o equilíbrio e disparou a arma. George caiu no chão, chamando a atenção de todos.

– Não! – gritou Dante ao ver sangue na camisa de George, que caiu para trás. – Fique comigo, por favor – pediu Dante, apoiando a cabeça de George em suas pernas e pressionando a ferida em seu ombro.

Spencer pegou a arma de Dante e disparou contra Dakota sem pensar duas vezes. As paredes receberam respingos vermelhos de sangue, mas aquilo não foi suficiente para matá-la. Spencer se levantou, aproximou-se e observou a mulher, que grunhia. Spencer abriu um sorriso sádico e pisou com a bota de couro no braço da inimiga, pressionando-o para ouvir a mulher gritar de dor.

— Como se sente? Espero que esteja gostando.

A mulher cuspiu em Spencer, fazendo sua raiva aumentar.

— Quero que queime no fogo do inferno por isso — disse Dakota.

— Não percebeu? Já estamos nele.

Spencer apontou a arma para a cabeça da adversária e disparou friamente.

**ALERTA DE RADIAÇÃO, ALERTA DE RADIAÇÃO
CENTRAL COMPROMETIDA.**

**AUTODESTRUIÇÃO EM
2 MINUTOS**

George gemia de dor enquanto Dante e Ethel faziam o possível para que ele não perdesse mais sangue.

— Eu tinha pensado em outro futuro para a gente — revelou, sentindo-se tonto. — Queria que tivesse terminado diferente.

— E vai! — Dante garantiu, puxando George pelo corredor, deixando um rastro de sangue para trás.

Ele percebeu que carregá-lo daquela maneira poderia piorar seu quadro, então colocou os braços de George no seu pescoço para servir de apoio, e continuaram pelo corredor. Os gritos ecoavam pela instalação; tinham poucos minutos para sair dali.

No centro da cúpula, havia plantas vivas das mais variadas espécies, que se moviam como serpentes. A fluorescência que emitiam iluminava todo o local.

Assim que saíram daquele lugar, viram muita gente os aguardando.

— Vamos, temos de sair daqui! — gritou Spencer para as pessoas.

Uma explosão colossal jogou todos para longe. Mesmo estando longe, alguns sobreviventes foram arremessados, percorrendo uma grande distância no ar. Ethel, que estava mais próxima, foi arremessada e caiu sobre um tronco de árvore. Spencer, ainda zonza, foi até ela e percebeu que não resistira à perfuração em seu pescoço.

— Não! — gritou, desesperada.

Ela acabara de perder a amiga, a pessoa que a ajudara durante aquele período difícil. George chorou no ombro de Dante, pois perdera uma irmã. A dor física não era nada perto daquilo. Apesar de ferido, arrastou-se para ficar próximo ao corpo, olhou em seus olhos abertos e sem vida e os fechou. O desespero tomou conta daquele homem. Doía imaginar que nunca a veria novamente; era a única família que ele tinha, a pessoa a quem ele teria quando tudo acabasse. Desejava que fosse ele no lugar dela, pois a sua vida não teria tanto significado sem aquela pessoa maravilhosa ao seu lado.

A instalação estava em chamas e tudo havia sido destruído, pequenas brasas sobrevoando suas cabeças. Spencer olhou para Ethel e viu quando algo caiu da jaqueta dela. Verificando se mais alguém havia visto, foi até o corpo da amiga, pegou a pasta e leu: "Arquivo confidencial E. D. D. A. V.".

Saindo de seu torpor, tentando se esquecer do sangue de Ethel escorrendo por sua roupa, correu até Dante, George e Margô e disse a eles que era a hora de partir.

CAPÍTULO VINTE
O ARQUIVO SECRETO

Na manhã seguinte, todos se reuniram em volta do cemitério improvisado. Muitas pessoas do acampamento, inclusive Ethel, estavam sendo homenageadas. Flores foram jogadas no ar para que o vento as levasse. Aquele momento era triste e ao mesmo tempo lindo. Spencer abraçou a filha e Dante abraçou George; ambos haviam encontrado a parte que lhes faltava. Todos ali haviam perdido alguém importante, mas, ao mesmo tempo, tinham encontrado uns aos outros.

O braço de George estava enfaixado; por sorte, não fora um ferimento tão grave. Ele usava uma regata branca e a calça do militar que haviam abatido. Lembrou-se de colocar um pacote de cigarros sobre o local que o corpo de Ethel havia sido enterrado, em uma homenagem àquilo que ela tanto amava em vida.

Spencer passara a noite lendo o arquivo com informações secretas que Ethel havia roubado. Aquela era a peça chave e mais valiosa do experimento. Spencer sabia que aquilo não havia acabado e que algo maior estava por vir.

— Ainda não acabou. Eles pensaram em tudo. Existe algo além — disse Spencer, olhando para o céu, tentando observar algo.

— Vi você jogando aquele arquivo na fogueira antes de dormir — disse Dante.

Aquele documento mudara sua forma de pensar. Mas ela não podia dizer aquilo em voz alta.

Ela não tivera tempo para se despedir, e aquele era o momento ideal para a despedida de Alex e Mike. Sentia-se mais confortável para dizer adeus. Aquela situação não era o desfecho que todos queriam, mas seguiriam em frente, para uma nova jornada.

Uma música delicada iniciou e todos ouviram. "Outro", da banda M83.

— Desfrutem da última música que será tocada no acampamento Iglu. Talvez a última que vocês ouvirão em vida. Nosso gerador foi prejudicado, não vai durar. E era ele que garantia a proteção do acampamento — informou Kalay.

— Ethel, com certeza, lembraria o nome dessa música — disse George.

— Uma bela forma de se despedir, não é mesmo? — complementou Dante. — Ela lutou muito.

— O que faremos agora? — perguntou George.

— Spencer vai nos dizer — falou Dante, olhando fixamente para ela.

— O vento... Ele nos guiará, assim como está guiando essas flores — Spencer disse, olhando fixamente para um ponto específico do horizonte.

EPÍLOGO

Por cima daquela montanha, nos arredores de uma cidade, em um lugar distante, um grupo de pessoas sobrevivia dia após dia para um novo começo. Spencer, após ler o arquivo, descobrira uma coisa jamais vista pela humanidade. Ela sabia que aquilo tudo não havia acabado; era apenas o começo de algo grande que estava por vir. E a humanidade com certeza não estava preparada para aquilo.

Uma coisa era certa: as pessoas daquele acampamento eram felizes, de suas formas, com suas escolhas, como se estivessem em um *loop* infinito. Mesmo depois de tanto sofrimento, voltaram a sorrir e a viver. Enquanto a natureza tentava restabelecer a ordem natural, eles sobreviveriam.

O tempo seria responsável por acabar ou consertar tudo. Isso fazia sentido pra alguém? O tempo... Ele é constante e inevitável, pois o relógio vive em um tique-taque infinito. Todos têm a certeza do fim, mas não sabem em qual esquina ou em qual horário ele estará esperando.

AGRADECIMENTOS

Agradeço a todas as pessoas essenciais e influenciadoras em minha trajetória.

À minha família, especialmente minha amada mãe, Fernanda, que encheu meu coração de amor e esperança.

À minha avó, Vaneide, pelo apoio, incentivo e amor incondicional.

À minha tia, Tereza, pelo otimismo e conforto.

À minha madrinha, Suely, companheira e motivadora.

A Joziel Segatto, que esteve junto a mim no desenvolvimento literário e pessoal e que nunca me deixou desistir.

Aos revisores, pelos quais tenho um carinho imenso: Renata Maggessi, Jadna Alana e Walter Bezerra, que deram magia às minhas palavras.

Aos ilustradores Alceu Candido, Rodrigo de Souza e Bruno Henrique pelo trabalho majestoso, e à minha querida irmã mais nova, Ana Clara, por criar o desenho de Margô.

Aos meus leitores betas, que leram este livro em primeira mão e me deram grandes feedbacks.

Muito obrigado a todos do Grupo Editorial Coerência, principalmente Lilian e Giovanna Vaccaro, pela paciência, carinho e oportunidade de tornar a minha história conhecida.

E, por último, mas não menos importante, ao grupo *Autores da Perdição* pela união como irmãos de sangue do selo Plus Editora.

TRACKLIST

1. "Sleep On The Floor" – The Lumineers
2. "Familiar" – Agnes Obel
3. "Do I Wanna Know?" – Arctic Monkeys
4. "Sail" – Awolnation
5. "To build a home" – The Cinematic Orchestra
6. "Saturn" – Sleeping At Last
7. "Don't worry be happy" – Bob Marley
8. "Outro" – M83

Grupo Editorial
coerência

Esta obra foi composta na fonte ITC Legacy Serif Std,
tamanho 11,5pt, e impresso em papel pólen soft $90g/m^2$.
São Paulo, fevereiro de 2020